Bryan de La Rillie

MISCELLANÉES

Poèmes, fables, acrostiches,

récits et contes

Édition : BoD – Books on Demand,

MISCELLANÉES

Sommaire

Société   5
Pourquoi maman ?   7
Civilisé   9

Religion   13
C'est crédible …   15
Curieuse religion catholique !   17
Maudite Sainteté !   19
Un Anaconda au djihad   20
Bientôt …   22
À Boissy-en-Belle-Terre   23

Politique   27
Le Chien, le Chat et l'Oie   29
La course au titre   31
Inique Surtaxe Française   34
Le mariage pour tous   36
Les Rois Décadents   38
De droite ou de gauche   40

Sommaire

International   43
La Pipistrelle   45
Le Faucon, l'Aigle et le Vautour   46
Le Renard et le Loup   48

Environnement   51
Le grand vilain chasseur   53
S.O.S.   55
La Sobriété Heureuse   57
Le Zèbre et les Zébus   59
Dame Nature   61

Sciences   65
Je sais que je ne sais rien   67
Science et croyance   68
Passe le Temps !   69

Famille   73
Lisa   75
Petit Tom   76
Princesse Inès   77
Maxence   78
Prosper   79
J'imagine …   82

Sommaire

Fables — 85

Le Lapin et la Grenouille — 87
Le Coyote et le Puma — 89
Le Colibri, l'Aigle et les Fourmis — 91
Les pipelettes — 92
Le Coq du château — 94
L'Oie et le Cygne — 96
L'Écureuil et les deux Tourterelles — 97
La Fourmi et la Cigale — 99
Jean-Guy et Jean-Jacques — 100

Chemin de Compostelle — 103

Un Condor sur le Chemin — 105
T'as déjà fait le Chemin — 108
Les premiers pas — 111
La longue Marche — 117
La Dame Blanche — 120
Emberlificotage sur le Chemin — 123
Être ou Avoir — 126

Contes — 131

Les Main-Main et leur père Noël — 133
Pol et Titounet — 136
Petit Tom et son ardoise magique — 138

MISCELLANÉES

Société

Société

Pourquoi Maman ?

Maman je suis en toi
Mais tu as décidé
Pour plus de liberté
D'en finir avec moi.

Pourquoi m'ôter la vie
Donnée avec amour ?
Tu la brises pour toujours
Dans un leurre de survie.

Pourquoi dénaturer
Ce meurtre en peccadille ?
Ne peut-on m'héberger
Dans une autre famille ?

Sûrement tes consœurs
T'ont induite en erreur.
Si ton corps t'appartient
Tu ne peux tuer le mien.

MISCELLANÉES

Pourquoi les médecins
Au sein de leurs cliniques
Bafouent leur chère éthique
Et deviennent assassins ?

Tu as bonne conscience
Sous couvert de leur science.
Demain tu seras face
À des regrets tenaces.

Je pensais t'apporter
Amour et allégresse
T'aider dans la vieillesse
Ne jamais te quitter.

Maintenant il faudra
À vivre loin s'astreindre
Avant de nous étreindre
Là-haut dans l'Au-delà.

Je ne verrai le jour
Mais t'aime pour toujours.
À jamais ton enfant
Je resterai, Maman !

Société

Civilisé

Peut-on se dire civilisé
Si au nom du prophète Allah
En tous lieux on tue à tout va
Sans la moindre humanité ?

Peut-on se dire civilisé
Si par une méthode radicale
On élimine l'enfant fœtal
Sans respecter sa destinée ?

Peut-on se dire civilisé
Si on promet une réduction
À long terme de la pollution
Tout en augmentant ses rejets ?

Peut-on se dire civilisé
Si on pourchasse les créatures
Innocentes de dame Nature
En prenant plaisir à les tuer ?

MISCELLANÉES

Peut-on se dire civilisé
Si on annexe des territoires
Contre les peuples et leur vouloir
Faisant fi des traités signés ?

Peut-on se dire civilisé
Si une justice radicale
Condamne à des peines capitales
Alors qu'on ne doit jamais tuer ?

Peut-on se dire civilisé
S'il faut selon le rite halal
Toujours égorger l'animal
Dans la plus grande cruauté ?

Que de chemin à parcourir
Avant d'oser s'enorgueillir
Et pouvoir jouer les Pygmalions
D'une vraie Civilisation !

MISCELLANÉES

Religion

Religion

C'est crédible ...

Marie tout en restant vierge devient mère
Comment tout cela est-il dieu possible ?
La galéjade natale est de première
L'Immaculée Conception, c'est crédible...

Jésus au fin fond d'une étable est né
Et les rois mages accourent pour l'honorer.
Comment tout cela est-il dieu possible ?
Ils ont suivi une étoile, c'est crédible...

À Cana Jésus-Christ change l'eau en vin
Et nourrit la foule avec cinq pains.
Comment tout cela est-il dieu possible ?
Un miracle du fils de Dieu, c'est crédible ...

Jésus-Christ est mort et ressuscité.
Comment tout cela est-il dieu possible ?
La mystification est bien montée
Mi-homme mi-dieu, trans-espèce, c'est crédible...

MISCELLANÉES

Trois qui ne font qu'un, Père, Fils, Saint-Esprit.
Comment tout cela est-il dieu possible ?
La triple imposture a bien réussi
La Trinité est un mystère crédible ...

Deux cents millions de croyants catholiques !
Un concept qui s'est bien développé.
Et moi frêle humain, tout seul à douter
À ne pas avoir trouvé le déclic ...

Si vous aussi, sain d'esprit, vous doutez
Ne vous risquez pas à leur demander
Comment tout cela est-il dieu possible ?
Toutes ces histoires ne sont pas crédibles ?

Ils vous diront qu'il faut avoir la foi
Pour que la Vérité soit accessible
Et qu'en priant ils font tout leur possible
Afin qu'elle parvienne vite sous votre toit.

Croyant vous ne serez sans doute pas...
Aussi ne recherchez pas à comprendre
Et attendez d'être dans l'Au-delà
Pour la céleste Vérité entendre.

Religion

Curieuse religion catholique !

Dans un monde d'avancées uniques
Où un homme sage-femme peut-être
Une femme ne peut devenir prêtre.
Curieuse religion catholique !

Bien que dans notre république
Le mariage pour tous est ouvert
Tout prêtre doit être célibataire.
Curieuse religion catholique !

Gardé comme une vieille relique
Le pape est élu en secret
Par de vieux cardinaux désuets.
Curieuse religion catholique !

L'état par ses finances publiques
Veille aux bâtiments du clergé
Pas aux synagogues et mosquées.
Curieuse religion catholique !

MISCELLANÉES

Contre le sida se pratique
En tous lieux le préservatif
Mais le pape son usage biffe.
Curieuse religion catholique !

Une fortune pharaonique
Par une banque opaque gérée
Les pauvres le pape prétend aider.
Curieuse religion catholique !

Dans des monastères bucoliques
Des moines prient à longueur de temps
Sans se soucier des indigents.
Curieuse religion catholique !

Soixante dix huit, c'est la panique
Le pape subitement décède
À l'autopsie on ne procède.
Curieuse religion catholique !

En réponse à cette dogmatique
Les fidèles désertent les églises
Et les vocations s'amenuisent.
Curieuse religion catholique !

Religion

Maudite Sainteté

Comme ils étaient fiers nos preux chevaliers
Allant défendre sur leurs vifs destriers
Au fin fond de l'Orient sans aucune crainte
Les chrétiens persécutés en Terre Sainte.
Impies et musulmans, tous furent sacrifiés
Au nom de cette terre de Sainteté.

Comme ils sont fous ces terribles djihadistes
Auteurs de toutes ces actions extrémistes
Faisant sauter des bombes sans aucune crainte
Au cri d'Allah akbar et de guerre sainte.
Chrétiens et infidèles sont sacrifiés
Au nom de cette guerre de Sainteté.

Ne me parlez plus de sainte religion !
Aucune ne requiert mon approbation.
Déjà nos enfants en guerre sont priés
Demain ce seront nos petits enfants
Qui seront sacrifiés sauvagement
Au nom d'une chimérique Sainteté.

MISCELLANÉES

Un Anaconda au djihad

Au pays paradisiaque des Incas
Un Anaconda analphabète un jour déclara :
« Basta la dolce vita !
Allah m'appelle au combat.
Au califat de la charia
Je vais faire un tabac ! »
Son camarade de chasse, Gaspard le jaguar
De cette incartade s'alarma :
« Tout ce tintamarre médiatique t'égare.
Tu ne verras que cadavres et attentats
Si tu pars pour cette mascarade.
Tes palabres ne sont que jérémiades
Et ton attitude est bien vaniteuse.
De cette aventure hasardeuse
Paria tu reviendras. »
Mais notre Anaconda
Atteint de paranoïa
De ses paroles ne s'embarrassa.
À Bagdad, il débarqua
Et sur le champ on le harnacha
Tel un soldat d'Atahualpa.

Religion

Il défila en grand apparat
Devant l'ayatollah Bactar
Au cri d'Allah akbar
Puis s'en alla au combat
Et sous le feu des armes se retrouva.
Par malheur, il n'avait pas la baraka !
Un éclat de bazooka le frappa.
Paralytique, on le renvoya
Dans sa patrie natale, le Guatemala.
À son retour, tout le monde le rejeta.
Seul un cacatoès sur son état s'apitoya :
« Là-bas, par bravade
Tu partis au djihad
Mais paralysé tu rentras.
Ah là là, tout ça pour ça ! »

Quel malheur sont ces foucades
Croisades ou djihads
Par vagues ou en cascades
Qui massacrent nos peuplades.

MISCELLANÉES

Bientôt ...

Comment prétendre qu'on puisse ressusciter
Qu'une femme vierge aie pu devenir mère ?
Cette histoire est vieille de deux millénaires
Mais tous les chrétiens en restent persuadés.

Dans le ciel de nombreuses apparitions d'ovnis
Aux vitesses fulgurantes sont notoires.
Ces observations se passent aujourd'hui
Mais personne en ces récits ne veut croire.

Lorsque la supercherie on dévoilera
La papauté sur son socle vacillera
Et comme prophétisé par Saint-Malachie
Le dernier pape son dernier sermon aura dit.

Lors qu'avec eux le contact enfin se fera
Les limites de l'Univers seront repoussées
L'aventure intersidérale commencera
À la découverte de nouvelles sociétés.

Religion

À *Boissy-en-Belle-Terre*

Dans la petite ville de Boissy-en-Belle-Terre
Un imam demanda un jour au maire
Un local pour que ses fidèles puissent exercer leur culte
Comme du principe d'égalité dans la république il résulte.
Le maire n'avait aucun local disponible dans le bourg
Mais dans son sac plus d'un tour.
Il demanda au curé avec un ton accusateur :
« Monsieur le curé, quand dites-vous vos messes à l'église ?
- Tous les matins que Dieu fait, répondit-il sans surprise .
- Dans ce cas, vous êtes en infraction devant la loi en vigueur.
Chacun doit pouvoir bénéficier d'un jour de repos par semaine. »
Le curé se dit qu'après tout, après quarante ans de dévouement sacerdotal,
Il avait bien mérité de mettre le pied sur la pédale.
« S'il en est ainsi, Monsieur le Maire, j'appliquerai cette trêve républicaine
Mais vous le comprendrez, pas le jour du Seigneur !
- Il vous faut alors demander une dérogation au repos dominical
Que je peux vous obtenir auprès des instances nationales
Si vous m'autorisez à prêter l'église pour une cause qu'approuvera votre Créateur. »

MISCELLANÉES

Le maire ensuite convoqua l'imam et lui fit cette proposition :
« Monsieur l'imam, je peux mettre à votre disposition
Une grande salle le vendredi pour réunir vos fidèles
Mais il vous faudra respecter le droit universel
D'égalité entre les hommes et les femmes.
Aussi, toutes vos bonnes âmes
Devront pouvoir prier sans la même salle. »
L'imam se dit qu'après tout l'abandon de cette séparation féodale
Valait bien l'octroi d'une mosquée
Et, à l'idée de pouvoir prêcher chaque vendredi,
À cette proposition souscrit.
Le maire alors réunit son conseil municipal dans la foulée
Et proposa de renommer la ville Boissy-la-Mosquéglise.
À une courte majorité la décision fut prise
Et c'est ainsi qu'on vit affluer tous les touristes du monde
Pour visiter ce lieu unique qui devint plus célèbre que la Joconde.

Malheureusement, lecteur très cher,
Cette petite ville est imaginaire
Et cette histoire n'est qu'une fable
Aujourd'hui bien irréalisable.
Combien de siècles faudra-t-il encore
Pour que musulmans et catholiques dans notre société
Qui pourtant le même Dieu adorent
Appliquent leur sacro-saint principe de fraternité ?

MISCELLANÉES

Politique

Politique

Le Chien, le Chat et l'Oie

À la basse-cour de France, tous les habitants s'apprêtent
À voter pour élire l'un d'entre eux à leur tête.
Le chat Gros Minou du parti des social-félins
Se présente faisant miroiter pour tous du bon grain:
« Sous mon quinquennat, j'inverserai les chiffres du chômage
Et tout le monde pourra nourrir sa famille sans grapillage. »
Le chien Sardoggy du parti Les Républicanins
Lance à tout va son slogan manichéen
« Travailler plus pour manger plus ».
Une troisième candidate, l'oie Bec Acide fulmine.
Du parti La Garde Nationale, elle soutient mordicus
À tout va une fâcheuse doctrine :
« Ne laissons plus rentrer de pintades syriennes
De canes de barbarie et autres pique-graines,
Elles n'ont de cesse de picorer notre pitance
Et refusent de nous prêter allégeance. »

La campagne bat son plein et, comme à l'accoutumée,
Sardoggy et Gros Minou espèrent bien en découdre au second tour.

MISCELLANÉES

N'ont -ils pas par alternance dirigé cette basse-cour
Durant ces cinquante dernières années ?
Mais voilà, au premier tour Bec Acide arrive en tête
Et croit la chose déjà faite.
Las, ne voulant absolument pas voir arriver cette intruse,
Gros Minou retire sa candidature au profit de
Sardoggy qui ne la refuse,
Préférant ronger son frein jusqu'à l'alternance suivante.
Et voilà notre Bec Acide évincée de la place de dirigeante !

Ainsi en va-t-il de la politique
Que l'on dit démocratique
Tous les coups bas sont permis
Pour accéder à la commanderie !

Politique

La course au titre

Honteusement prise en flagrant délit
Oubliant son statut de Président
La grosse carpe de l'étang
Longtemps sur ses amours avait menti.
Aussi, de sa loi sur le mariage
Ne retenant que le libertinage
Devant un peuple médusé
Elle ne pouvait à nouveau se présenter.

Fringant chevalier blanc
Incarnant l'argent transparent
Le hérisson se mit en boule
Lorsque soudain la foule
Ouvertement lui fit en reproche
Nombreuses faveurs à ses proches.

MISCELLANÉES

Malin comme un singe
Accoquiné avec dame Fennec du Touquet
Ce renardeau très coquet
Renversant les codes dans un grand remue-méninges
Opportunément lança un nouveau parti
Nommé En Marche pour relever le défi.

Maugréant sans cesse
Envers les riches ici-bas
Le dindon courait ici et là
En rappelant que la richesse
Ne pouvait être éthique.
Ce gallinacé qui voulait changer la république
Haranguait ses compatriotes
Orateur brillant aux airs de despote
Nappé dans une noire redingote.

La hargneuse cane de Barbarie
Enflammait le peuple par des arguties
Populaires et xénophobes
En lui promettant de rejeter microbes
Nègres et autres étrangers au fin fond du globe.

Politique

Haussant le débat économique
Avec un revenu universel qui aguiche
Monsieur le coquelet n'est pas chiche.
Ô Dieu ! Merci pour cette belle affiche
Nébuleuse idée pharaonique !

Le grand ours des Pyrénées
Avec son accent rocailleux
Se disant être de la nature amoureux
Sans relâche vantait les charmes de sa dulcinée.
Appelant à la défense de la ruralité
Loin de pouvoir l'emporter
Le géant des monts enneigés
Espérait simplement gagner en popularité.

Pour décrocher le fameux sésame
Réunions et meetings, ils enchaînèrent
En détaillant sans fin leur programme.
Sondages à l'appui, nos compères
Imaginaient leur heure de gloire
Dûment inscrite au Panthéon de l'Histoire.
Et au final fut élu Jupiter
Notre petit renard roux
Tout esbaudi d'avoir réussi ce bon coup.

Inique Surtaxe Française

Monsieur le président
Je vous fait cette lettre
Afin de vous soumettre
Mes humbles arguments.

Je viens de recevoir
Sans retenue aucune
Mes impôts à devoir
Au vu de ma fortune.

Sachez que je vomis
Cette double taxation
Alors que je ne vis
Qu'en faisant attention.

Car cette fortune faite
Je ne l'ai pas volée
J'ai juste travaillé
Sans relever la tête.

Mes revenus gagnés
Sont déjà imposés
Pourquoi faut-il alors
Les déclarer encore ?

Politique

Aujourd'hui je me tue
A évaluer des biens
Qui demain en vertu
Du marché ne vaudront rien.

Monsieur le président
Avisé vous n'êtes guère
Cet impôt coûte plus cher
Qu'il n'apporte d'argent.

Pour garnir le trésor
Sans gêne vous prélevez.
Attention, vous allez
Tuer la poule aux œufs d'or !

Monsieur le président
Votre impôt est dément
Il fait fuir mes amis
Vers d'autres paradis.

J'en ai gros sur le cœur
C'est maintenant mon tour
Je m'en vais vivre ailleurs
Sans espoir de retour.

MISCELLANÉES

Le mariage pour tous

Dans un grand pays d'occident
Renommé pour ses libertés
Un jour un petit président
Pour le peuple détourner
Des mauvais résultats économiques
Se piqua sans consultation démocratique
De modifier les règles du mariage
Afin d'en tirer avantage.

Dorénavant pouvaient s'unir en contrat acté devant le maire
Deux personnes de même sexe
Ouvrant le champ à une paternité complexe.
Les mignons, pensa-t-il, en seront fiers
Et voteront pour moi à la prochaine élection.
Le peuple tenta de lui faire savoir son opposition
Mais il eut beau battre le pavé
Et par centaines de milliers dans les rues de la capitale défiler
Le petit président voulant faire oublier son sobriquet de caramel mou
Ne céda pas cette fois d'un pouce
Prétextant que le mariage pour tous
Ne coûterait pas un sou.

Politique

Il est vrai que la loi ne le concernait pas
Puisqu'il préférait aux liens du mariage les maîtresses
Qu'il pouvait rencontrer avec ivresse
Et répudier à sa guise par simple communiqué d'état.

Que pensez-vous qu'il arriva ?
Pour les élections suivantes
Le petit président dans son bilan se targua
D'avoir instauré une variante,
Le mariage pour tous, tralalala …
Le peuple les épaules haussa
Et fit connaître sans embarras
Cette ritournelle à ce fieffé chef d'état :
« Pas de mariage pour toi
  Pas d'Elysées deux fois ! »

Les Rois Décadents

Il était un pays
Qu'on appelait Francie.
Les rois s'y succédaient
Par coutume salique
Ou élire se faisaient
À la tête de la République.

Peu avant le premier millénaire
Des rois fainéants laissèrent
Gérer les affaires
Du palais par les maires.
Un certain Pépin le Bref
En profita pour se faire nommer chef.

Mille deux cents ans plus tard
Se répète cet avatar.
Des rois décadents
Voulant satisfaire
Des revendications d'argent
Crurent bien faire
En attribuant maintes allocations
Et revenus minimum d'insertion
Certains même échafaudant
Un revenu universel alléchant.

Politique

Mais tandis que s'envolait la pression fiscale
On ne vit que mécontentement
Et le pays sombra lentement
Dans un déficit abyssal.
Le peuple, un moment crédule,
En voulut à ces crapules.

Alors, au palais, un jeune secrétaire
Se muant en Pygmalion
Expliqua à la population
Que les partis politiques
Étaient tous sataniques
Et qu'avec lui on allait se refaire.
Ainsi naquit la dynastie des Macronvingiens
Plus d'un millénaire après celle des Carolingiens.

L'Histoire n'est qu'un éternel recommencement
Comme vous pouvez le voir maintenant.

MISCELLANÉES

De droite ou de gauche

Un philosophe discourait sur les notions de droite et de gauche devant un auditoire.
« La différenciation entre la gauche et la droite, disait-il, est innée. Elle existe depuis que l'homme est homme, depuis qu'il naît avec deux jambes, deux bras, deux yeux, deux oreilles...
- Mais pourquoi ces noms de gauche et droite, interrogea un paysan plein de bon sens. On aurait pu dire la cour et le jardin, ou encore bâbord et tribord comme les marins. »
Un historien expliqua alors le côté aléatoire du choix de ces deux termes en politique :
« Si on avait défini les deux côtés de la première assemblée nationale par rapport à un député placé au centre de l'hémicycle, alors la gauche serait la droite et la droite serait la gauche, ce qui aurait peut-être été plus adroit, disons moins gauche...»
Le philosophe reprit la parole et fit un long exposé sur l'évolution de la gauche, de Jaurès au programme commun des années 1970, qui l'a conduite à la prise du pouvoir présidentiel en 1981 et à la naissance de la gauche plurielle, par opposition à une droite qui se regroupa en un parti unique.

Politique

Un papy-boomer fit alors part de son expérience:
« Durant les trente glorieuses, si vous étiez de droite, vous étiez réactionnaire alors que la gauche défendait des idées dites de progrès. Mais qu'en sera-t-il demain? La droite sera-t-elle salvatrice et la gauche conduira-t-elle la France au déclin ?»
Une quatrième personne intervint:
« Et pourquoi parle-t-on d'extrême-gauche et d'extrême-droite ? Peut-on dire que leurs programmes sont extrémistes ou, alors, y a-t-il encore place pour un parti plus extrême que l'extrême-droite ou l'extrême-gauche ? »
Un moment déstabilisé par toutes ces questions, le philosophe retomba sur ses pieds par une synthèse très adroite :
« De gauche ou de droite, déclara-t-il,
Vous avez toute latitude
Pour vous définir
Mais de certitude
Vous ne pourrez jouir. »

International

International

La Pipistrelle

Par une belle soirée d'été, une maman Pipistrelle
Veut initier son petit à la chasse en plein vol.
Ce dernier se précipite vers l'étang du prince Bacharel
Où pullulent des myriades de moucherons dont il raffole.
« Pas là ! l'enjoint sa mère, ce lieu de chasse
Est réservé aux gens de la Haute Classe.
S'ils nous surprenaient, nous finirions sur l'échafaud.
Allons plutôt chasser quelques éphémères
Tout là bas, près du réverbère.
- Mais, mère, tout le monde se regroupe sous cet halo
Dans l'espoir vain de trouver quelque pitance.
- Je sais, répliqua la maman, mais c'est le seul lieu qui nous soit ouvert. »
Et une fois de plus, affamés ils rentrèrent
Accentuant encore leur déchéance .
Leurs ailes ne mirent pas long à se décrocher.
Ne pouvant plus voler
Ils durent, dans les moindres interstices,
Se cacher au milieu des immondices
Et pour toute nourriture
Se contenter de rognures
Tout en tremblant d'être croqués par Mistigri
Ou par un piège estourbis.

Ne croyez pas que cette fable
Ne concerne que des animaux indésirables.
Il en est chez les pipistrelles comme chez les humains.
Ne voit-on pas nos frères syriens
Devoir se soumettre en leur pays aux diktats
D'un prince tyran ou fuir comme des rats ?

MISCELLANÉES

Le Faucon, l'Aigle et le Vautour

Sur cette terre aride du Moyen-Orient
Y régnait un Faucon tyranniquement.
Refusant de partager le pouvoir
Il imposait sa loi à coups de boutoir
Et n'hésitait nullement à réprimer sans cœur.

Redoutant sa dévastatrice fureur
En grand nombre les étourneaux
Bien loin s'enfuyaient du fourneau
En laissant les plus jeunes, la main au fourreau,
Lutter pour retrouver leurs droits bafoués.
Les forces étant fort disproportionnées
En urgence, il lancèrent un appel à l'aide extérieure
Sans entrevoir les conséquences ultérieures.

Ruminant dans son empire peau de chagrin
Un Vautour d'une contrée septentrionale
Se prit d'une soudaine amitié pour ce Saladin.
Sans se soucier des dommages causés
Il mit à disposition tout son arsenal
En pensant retrouver ses lauriers passés.

International

Un brin agacé par cette alliance
Sa majesté l'Aigle dans son impériale puissance
Activa lui aussi ses forces militaires.

Découvrant cette situation précaire
Avidement une nuée de corbeaux
En profita pour y venir nicher en califat.
Sitôt informés, leurs frères accoururent incognito
Honorés de venir combattre pour Allah.

Cinq forces pour une terre désertique
Hypocrisie, haines, stratégies politiques,
Alliances contre nature ,
On n'entrevoit pas de finale tournure
Souffrances et massacres toujours perdurent.

MISCELLANÉES

Le Renard et le Loup

Comme un prince souverain
Régnant gentiment sur un joli lopin,
Installé légalement sur son petit territoire
Malin Renard assouvissait son pouvoir
En se régalant de mulots et autres souriceaux
En chassant la perdrix et le lapereau.

Retranché dans son domaine septentrional
Un Loup à la recherche de nouveaux arpents
Sans pitié, telle la bête du Gévaudan,
Se jeta sur ces terres méridionales
Ignorant le droit ancestral
Et les conventions internationales.

Outragé par ce crime de lèse-majesté
Notre goupil exigea, s'estimant à juste titre lésé,
Une justice exemplaire de la plus haute juridiction.

Vint le jour de l'examen de l'agression.
En assemblée générale, la Haute-Cour de Justice,
Rejetant une consultation populaire factice
Déclara simplement en une solennelle résolution
Invalide le référendum et infondée l'annexion
Ce qui rendit notre Loup, sans aucune honte,
Très heureux de ce beau tour à si bon compte.

MISCELLANÉES

Environnement

Environnement

Le grand vilain chasseur

File, file, frêle chevreuil
Tremble comme une feuille
Le grand vilain chasseur
Va te tuer tout à l'heure.

Chut ! Chut ! criarde bécasse
Ne chante ni ne jacasse
Le grand vilain chasseur
Va te tuer tout à l'heure.

Cours, cours, petit lapin
Enfuis-toi aux confins
Le grand vilain chasseur
Va te tuer tout à l'heure.

Cache-toi, jolie perdrix
Ne sors à aucun prix
Le grand vilain chasseur
Va te tuer tout à l'heure.

Plonge, plonge, belle baleine
Nage à perdre haleine
Le grand vilain chasseur
Va te tuer tout à l'heure.

Envole-toi, fine grive
Ne te pose sur la rive
Le grand vilain chasseur
Va te tuer tout à l'heure.

MISCELLANÉES

Fonce, fonce, fier sanglier
Entend les chiens japper
Le grand vilain chasseur
Va te tuer tout à l'heure.

Fuis, fuis, rusée renarde
À tes petits prend garde
Le grand vilain chasseur
Va te tuer tout à l'heure.

Saute, saute, gracieuse biche
Ne t'arrête dans la friche
Le grand vilain chasseur
Va te tuer tout à l'heure.

Vole, vole, gentille palombe
Sur les cimes passe en trombe
Le grand vilain chasseur
Va te tuer tout à l'heure.

Brame, brame, grand cerf des bois
Combats encore une fois
Le grand vilain chasseur
Va te tuer tout à l'heure.

Crie, hurle contre la chasse
Vois le massacre en face
Le grand vilain chasseur
N'a pas place en ton cœur.

Environnement

S . O . S

Des déchets par millions
Dans nos poubelles s'entassent
Et notre terre s'encrasse.
Ça ne tourne pas rond !

Des rejets par millions
Les industries s'en moquent
Mais l'atmosphère suffoque.
Ça ne tourne pas rond !

Des voitures par millions
De l'essence carbonisent
Et la terre agonise.
Ça ne tourne pas rond !

Des cargos par millions
Sur l'océan cheminent
Mais subsistent les famines.
Ça ne tourne pas rond !

Des pêcheurs par millions
Le fond des mers ratissent
C'est le désert qu'ils tissent.
Ça ne tourne pas rond !

MISCELLANÉES

Des chasseurs par millions
Nos animaux déciment
C'est la faune qu'on abîme.
Ça ne tourne pas rond !

Pollutions par millions
Ici et là foisonnent
Et la terre s'empoisonne.
Ça ne tourne pas rond !

Des humains par millions
Consomment avec entrain
Sans laisser pour demain.
Ça ne tourne pas rond !

D'énergiques inversions
Il nous faudra mener
Pour la planète sauver
Et la faire tourner rond.

Toutes les décisions
Il faudra prendre vite
Pour que Gaïa résiste
Et toujours tourne rond.

Environnement

La Sobriété Heureuse

Commencez par bannir les déplacements inutiles
Refusez les séminaires lointains, les réunions stériles.
N'allez pas visiter la faune de la Papouasie occidentale
Vous trouverez d'excellents films sur la vie animale.

Ne vous rendez pas à votre travail en limousine
Un vélo suffira, ou mieux, une paire de bottines.
N'allez plus supporter votre équipe préférée à Milan
Au café du coin suivez le match sur grand écran.

Ne chauffez pas votre appartement outre-mesure
Vous vous contenterez d'une chaude couverture.
Utilisez toute votre eau de récupération
Que vous aurez assainie au travers d'une filtration.

Ne consommez que des productions locales
Au supermarché, remplissez votre bocal.
N'achetez pas de perceuse ou autre objet de bricolage
Dénichez sur Internet un prêteur habitant les parages.

MISCELLANÉES

Ne jetez plus vos déchets organiques
Ils seront un régal pour vos lombrics.
Au potager, avec votre compost et sans engrais,
Cultivez des légumes que vous mangerez frais.

Surtout ne restez pas seul chez vous
À vous morfondre, vous risquez un coup de mou !
Sortez pour rencontrer vos amis les plus sympathiques
Invitez vos voisins, pas vos cousins d'Amérique.

Alors, grâce à toutes ces petites choses
S'accomplira votre métamorphose
Et à travers une vie harmonieuse
Vous apprécierez la Sobriété Heureuse.

Environnement

Le Zèbre et les Zébus

Sur les hauts plateaux d'Okavongu
Paissait un troupeau de Zébus.
Un Zèbre trottant avec fière allure
Pour rejoindre les herbages de l'embouchure
Les croisa et l'air narquois leur demanda à brûle-pourpoint :
« Mais quel est ce zinzin sur votre encolure drôlement fichu ?
- C'est une bosse et elle nous est très utile, répondirent les bovidés à l'impromptu.
- Utile à quoi ? Elle doit surtout ralentir votre fuite devant les félins…
- Qui te parle de courir ! Dieu nous a créé cornus
Et les prédateurs l'ont à leurs dépens vite su. »
Sur ces entrefaites surgit d'un bosquet touffu
Un lion féroce accourant à bride abattue.
Le Zèbre aussitôt se lança dans une course éperdue
Tandis que les courageux Zébus
Se regroupèrent tête baissée
Mettant en avant leurs cornes aiguisées.
Le carnassier devant cette défense résolue
De battre en retraite n'eut d'autre issue.

MISCELLANÉES

Notre équidé pensa alors avoir trouvé la parfaite armure.
Il demanda protection aux Zébus sur leur pâture
Pas fâché de ne plus avoir à fuir
Les féroces carnivores et risquer de périr.
Las ! Durant l'été, un soleil implacable rendit les pâtures si arides
Que l'herbe totalement disparut.
Le Zèbre de faim en mourut
Mais les Zébus survécurent grâce à leur bosse bizarroïde.

Ouvrez les yeux sur votre environnement
Prenez en compte tous ses éléments
Et toujours restez en alerte
Toute négligence pouvant conduire à votre perte.

Environnement

Dame Nature

Ô ! Exquise Dame Nature !
Ta beauté enivrante
Nous charme et nous enchante.
Quel bonheur tu nous procures !

Mais que s'obscurcisse l'horizon
Et se réveillent tes démons
Aussitôt l'apocalypse
Surgit et l'Eden s'éclipse.

Ta mer si belle et nourricière
Engloutit nos braves marins.
Tes fleuves si calmes soudain
Quittent leur lit, broient nos chaumières.

Ta douce brise de caresse
Se transforme en tempête
Ne laissant que grande détresse
Et désolation sur la planète.

MISCELLANÉES

Ton feu qui apporte chaleur
Soudain devient dévastateur
Emportant tout sur son passage
Ne laissant que ruines et ravages.

Que tes entrailles bienfaitrices
Toussent et tremblent de colère
Et nos maisons ensevelissent
Dans leurs décombres nos chers frères.

Grande Dame, qu'avons nous fait
Pour mériter tous tes courroux ?
Devons nous plier sous tes coups
Pleurer nos défunts à jamais
Supplier ton humble clémence
Et attendre ta bienveillance ?

MISCELLANÉES

Sciences

Sciences

Je sais que je ne sais rien

Que savons nous de la voie lactée ?
Combien d'étoiles gravitent en son sein ?
Notre plus proche voisine est si loin
Que personne ne sait la nommer.

Que savons nous de notre univers ?
Combien de galaxies, de trous noirs
Dans son giron tournoient sans espoir
Là où pourrait s'abriter l'Enfer ?

Que savons nous de notre origine ?
Le Big Bang serait notre naissance
Ce qui montre bien notre ignorance
Des temps de la genèse utérine.

Que savons nous du temps qui passe ?
Il se contracte si vous voyagez
Nous dit Einstein à vitesse grand V.
Notre entendement cela dépasse.

Que savons nous de la matière ?
La théorie nous parle d'électrons
Qui sans cesse en tous sens viennent et vont
Mais d'agitation ne voyons guère.

Que savons nous de la conscience ?
Certains en refoulent son existence
D'autres mettent en doute sa survivance
Et personne ne connaît son essence.

MISCELLANÉES

Science et croyance

Comment imaginer
La Big Bang théorie ?
Tout l'univers groupé
Dans un seul grain de riz ?

Comment un seul Esprit
Peut prendre connaissance
De tous les actes commis
Et juger en conscience ?

Grand, petit, temporel
L'infini interpelle.
En bordure d'univers
Le ciel est-il stellaire ?

Dieu a-t-il père et mère ?
N'est-il pas fatigué
Sur le monde de régner
Depuis des millénaires ?

La science toujours progresse
Et de tout s'intéresse.
La foi n'est que promesses
Que les mortels délaissent.

Une chose est sûre, ici-bas
De réponse nous n'aurons.
Pour savoir nous devrons
Attendre la vie dans l'Au-delà.

Sciences

Passe le Temps !

Passe, passe le Temps !
Égraine tes secondes au vent !
Leurs doux fourmillements
Me sont ravissement.

Les minutes sur ton chemin
Semées continuellement
Je les embrasse tout doucement
Comme de précieux chérubins.

Tes heures délicatement déposées
Sur ton parcours effréné
Je les croque goulûment
Je les mords à pleines dents.

Tes jours et tes nuits enlacés
Dans un continuum éthéré
M'entraînent comme un papillon
Dans un voluptueux tourbillon.

MISCELLANÉES

Tes semaines, tes mois
Défilent sans fin
Glissant sur moi
Dans un doux refrain.

Tes années sans faiblir
Ensevelissent mes souvenirs
Au fond de mon être
Avant de s'effacer peut-être…

J'aimerais tant te remonter
Revoir mes très chers amis
Retrouver mes juvéniles capacités
Revivre ces temps évanouis.

Ô ! Imperceptible Temps !
Ta course vers l'éternité
Ne peut-elle un temps s'arrêter
Et me laisser libre un moment ?

MISCELLANÉES

Famille

Famille

Lisa

Par une belle journée d'automne
Nous est arrivée une joli petit diva.
Son père d'ascendance bourguignonne
La prénomma amoureusement Lisa
Et sur le piano familial à la musique l'initia.
Du sens artistique de sa mère elle hérita
Et dès son plus jeune âge
De très belles esquisses elle croqua.
Brillamment elle passera son baccalauréat.
Se laissera-t-elle tenter par les voyages
Ou l'aventure sur les pentes de l'Himalaya
À la recherche de nouveaux exploits ?
À moins qu'elle ne préfère étudier le droit
Ou comme danseuse entrer à l'Opéra ?
Mais beaucoup de tendresse il lui faudra
Pour qu'elle se réalise avec éclat.

Post-scriptum :
Un grand médium
Prédit pour Lisa
De grands galas
À la Scala
Et à l'Olympia.

MISCELLANÉES

Tom

Par un beau matin printanier
Nous est arrivé petit Tom.
Il n'est pas né sous les cocotiers
Comme tous ses aïeux paternels
Mais pour ses grand-parents maternels
C'est un petit-fils premier.
À peine haut comme trois pommes
Il entra à la grande école.
Puis, poussé par le dieu Éole
Il sera bientôt promu bachelier.
Une brillante scolarité en somme
Qui le conduira vers un beau métier.
Choisira-t-il le droit pour être bâtonnier
Ou les sciences pour devenir astronome
À moins qu'il ne préfère être majordome ?
Mais il faudra beaucoup le choyer
Pour qu'il devienne un homme
Et trouve sa place sur l'échiquier.

Post-scriptum :
Un grand médium
Prédit en Tom
Le grand homme
Qui découvrira le Gonthium.

Famille

Princesse Inès

À l'issue d'une difficile grossesse
Nous est née une petite princesse.
Ses parents, heureux habitants de Lutèce,
Lui donnèrent le prénom d'Inès.
De son ascendance paternelle
Elle a une cousine germaine
Et fière de ses origines roumaines
Notre belle demoiselle
Se veut avant tout Européenne.
Elle décrochera son bachot
Sans aucun doute avec brio.
Choisira-t-elle d'être musicienne
Ou préférera-t-elle devenir doctoresse ?
À moins qu'elle n'épouse la noblesse
Et ne devienne vicomtesse ?
Mais il faudra sans cesse
Lui prodiguer beaucoup de tendresse
Pour que se réalisent ces promesses.

Post-scriptum :
Un grand médium
Prédit en Inès
Une future déesse
De la sagesse.

Maxence

Par une belle journée d'hiver
Nous est né Maxence
Joli poupon à la pure innocence.
A son paternel de père
Il ressemblait à l'évidence
Bien que sa mère de son ascendance
Voulut voir quelques nuances.
Durant toute son enfance
À son frère aîné, il fera allégeance
Mais arrivé à l'adolescence
Il prendra son indépendance
Et réussira avec intelligence
Ses études au lycée Saint-Saëns.
Choisira-t-il d'étudier les sciences
Ou préférera-t-il la finance
Plus à sa convenance ?
Mais il lui faudra à tout le moins une licence
Et beaucoup de connaissances
Pour qu'en lui il prenne confiance
Et se lance dans la danse.

<u>Post-scriptum</u> :
Plusieurs médiums
Voient Maxence
Par la grande Providence
Être boosté dans son existence.

Famille

Prosper

Il s'appelait Prosper, Prosper Maire. Mais tout le monde le connaissait sous le nom de petit père Père car il était la copie conforme de son grand-père Georges Père qu'on surnommait le père Père. Sa mère, Marie Père, avait épousé Gérard Maire qui avait été maire du village de Saint-Père pendant plusieurs mandatures, si bien que les villageois qui la connaissaient sous son nom de jeune fille Marie Père, n'arrivant pas à l'appeler madame Maire depuis son mariage, s'amusèrent plus tard à l'appeler madame la Maire.
Prosper s'amusa longtemps avec les noms de son père et de sa mère en racontant à tout va que sa mère née Père était devenue Maire devant monsieur le maire, que son père né Maire était maire de Saint-Père et que cela lui faisait deux pères et quatre mères à la maison.
Un jour, Prosper qui n'était plus un perdreau de l'année, voulut devenir père à son tour. Même s'il était déjà Maire de naissance, il lui fallait quand même trouver une mère pour ses futurs enfants.
Il y avait bien sa voisine Pierrette dont le père était adjoint au maire de Saint-Père mais c'était une commère et leur liaison fut éphémère.
Il fit alors sa cour à sa cousine germaine, Germaine Père. Ils s'étaient souvent rencontrés lors de vacances scolaires passées chez leur grand-père commun, le père Père.

MISCELLANÉES

Il n'eut pas à beaucoup persévérer pour que Germaine accepta de l'épouser. Ils allaient d'ailleurs bien ensemble et les gens de Saint-Père aimaient à dire que les deux petits Père faisait la paire.
De leur union naquit une petite merveille de fille qu'ils voulurent appeler Aimée, fruit de leur amour. Prosper alla la déclarer à la mairie de Saint-Père.
« Quel est son identité, demanda le secrétaire de mairie ?
- Aimée, fille de Germaine Père et Prosper Maire.
- État civil des père et mère, s'il vous plaît ?
- Germaine Père fille de Robert et Georgette Père, Prosper Maire de Gérard Maire et…
- Gérardmer dans les Vosges ?
- Non, Gérard Maire, c'est mon père qui a épousé Marie Père, la fille de Georges Père qu'on appelait le père Père de Saint-Père.
- Si je comprends bien, Aimée est une fille Maire par son père et une fille Père par sa mère.
- C'est exact.
- Je suis désolé, reprit le secrétaire de mairie d'un ton péremptoire, j'espère que vous ne m'en voudrez pas mais je ne peux enregistrer ce prénom. En vertu des alinéas 3 et 4 de l'article 57 du Code Civil, l'Officier de l'État Civil peut-être amené à refuser tout prénom qui n'est pas conforme à l'intérêt de l'enfant. Et c'est le cas : imaginez tous ses amis interpellant votre fille : - Hé, mémère ! »
Prosper n'avait pas repéré ce jeu de mot.

Famille

Il s'exaspéra, vitupéra, perdit son sang-froid, menaça de tuer père et mère si on n'enregistrait pas le prénom Aimée qu'ils avaient choisi ensemble, Germaine et lui.
Mais le secrétaire de mairie de Saint-Père n'en démordit point.
Finalement, après bien des péripéties, Prosper l'eut amer et dut se résoudre à changer de prénom. Il fit baptiser sa fille Ode, Ode Maire, avec de l'eau bénite comme il se doit par le père Pierre en l'église de Saint-Père.

Dans toute cette histoire, Prosper avait néanmoins bel et bien réussi à perpétuer la dynastie des Père et Maire avec Ode qui avait à tout le moins deux pères et trois mères puisque sa mère Germaine née Père était devenue Maire et son père Prosper était Maire de naissance.

À la mémoire de mon père qui fut adjoint au maire, de ma mère née Père et de mon grand-père, Georges Père.

MISCELLANÉES

J'imagine ...

J'imagine mes aïeux alignés devant moi
Tous engoncés dans leur tenue de bon aloi
Souriant aimablement devant leur descendance
Me faisant un petit signe de reconnaissance.

Je reconnais au premier rang mes grand-pères.
Ils ont vécu les tranchées de la grande guerre
Travaillé durement toute leur vie la terre
Et m'ont conté tant d'histoires extraordinaires.

Au sixième rang, Charles fit la révolution
Dans l'allégresse d'une nouvelle constitution
Trembla sous la terreur puis, sous Napoléon,
Fut terrassé par un boulet de canon.

Au quinzième rang, Eugène sous l'ère du roi Soleil
Travailla ardemment pour les royales merveilles
Construisant de ses mains des fortifications
Et toujours assurant leur consolidation.

Plus loin se tient chichement habillé Colin.
Petit métayer dans le bailliage d'Autun
Il labourait dur les terres seigneuriales
Et payait ses impôts au fermier général.

Famille

Au dernier rang, Gontral est un grand gaillard
Fier d'avoir à Gergovie mis en fuite César.
De l'antique cité de Bibrachte originaire
Il porte un bouclier dédié au dieu solaire.

En l'an quatre mille, dans l'Au-delà, je m'imagine
Fier aïeul, sourire aux lèvres, vêtu d'un blue-jean
Accueillant dignement mon ultième descendant
Très heureux d'être là, à la convergence du temps.

Comment ! Je n'arrive pas à comprendre son langage !
Sa tenue soyeuse se confond avec le paysage
Une secrète intelligence de lui se dégage
La stupéfaction s'affiche sur son beau visage.

Quel est ce lien qui tous à jamais nous enchaîne
Dans ce monde où nous ne sommes que de passage ?
La terre que nous léguons n'est pas notre apanage
Et notre culture éphémère au temps s'égraine.

Fables

Fables

Le Lapin et la Grenouille

Dans une contrée méridionale, un Lapin de garenne
Qui cheminait dès potron-minet d'une allure souveraine
Se vit aborder par une Grenouille très attentionnée.
« Oh, joli Lapin, comme ton poil est bien lustré !
Et tes jambes fines et musclées à la fois !
- Tu vois juste, petite batracienne. De la course, je suis le roi !
- Je voulais te demander si tu pouvais ce matin
Au cours de ta balade porter ce parchemin
À ma mère qui habite près de l'étang de Saint-Cucufa.
Je mitonnerai pendant ce temps-là
Une gibelotte d'escargots de Bourgogne au fenouil gratinée
Que nous dégusterons ensemble dès ta promenade terminée. »
La proposition de la Grenouille parue très intéressante
Au jeune Lapin qui partit l'humeur rayonnante,
Humant çà et là, de la nature, toutes les senteurs,
Imaginant celle du fumet qu'il dégusterait tout à l'heure.

MISCELLANÉES

Dès son retour, l'appétit aiguisé, il se mit à table
Chez sa nouvelle amie qui annonça alors d'une voix irréprochable:
« Et voici un salmigondis de limaces rouges aux orties !
- Mais, s'étouffa notre Lapin, ce n'est pas ce que tu m'as promis ?
- Oui, mais aujourd'hui le soleil dès l'aube s'est enflammé,
Rétorqua la cuisinière, pas le moins du monde gênée.
Les escargots ne sont pas sortis
Et le fenouil était tout rabougri. »

Il en est souvent ainsi
En politique comme dans la vie.
Ne croyez rien des promesses
Que l'on vous fait sans cesse
Avant votre passage à l'isoloir
Et qu'on laisse ensuite choir.

Fables

Le Coyote et le Puma

Dans une contrée septentrionale d'Amérique
Un jeune Coyote famélique
Pourchassait un cerf à travers monts et collines
Se léchant par avance les babines.
Aux abois, le cervidé
S'engagea dans un défilé
Qui rendit toute échappatoire
Totalement illusoire.
Las, un Puma du haut d'un perchoir
Se jeta sur lui, le fit choir
Et à la gorge l'étreignit
Jusqu'à ce qu'il rendit vie.
Sur ces entrefaites, le Coyote haletant
Arriva et réclama sa proie.
« Ce cerf, dit-il, me revient de droit
Je l'ai levé dans la foret de Grand Champ
Et l'ai poursuivi jusqu'ici. »
Le Puma n'était pas de cet avis.
« Il me revient, reprit-il, assurément.
De ce rocher, j'ai bondi et l'ai tué
Sous l'étreinte de ses crocs acérés. »
Ils discutèrent longuement
Sans parvenir pas à se mettre d'accord.
Ils s'invectivèrent si fort
Que deux corbeaux s'approchèrent
Et leurs services proposèrent
Pour plaider devant le tribunal
Leur différend sommes toutes banal.

MISCELLANÉES

Le grand juge Grizzly
Écouta leurs plaidoiries
Se retira pour délibérer
Et revint pour le verdict annoncer :
« Selon la jurisprudence
En pareille circonstance
Le train arrière va au pourchasseur,
Le train avant revient à l'égorgeur. »
Dans un premier temps
Nos deux compères
Furent satisfaits de cet équitable jugement.
Mais bien vite ils déchantèrent
Lorsqu'il fallut payer les frais afférents.
Le tribunal pour paiement des dépens
S'octroya les deux gigues
Et nos avocats une épaule par personne
Ne laissant à nos deux zigues
Que la tête, la queue et quelques côtes
maigrichonnes.

Très chers justiciables
Sachez bien qu'un accord amiable
Est souvent préférable
À un procès certes plaidable
Mais à l'issue hasardeuse
Et aux charges ruineuses.

Fables

Le Colibri, l'Aigle et les Fourmis

Un jeune Colibri au plumage chamarré
Se délectait du nectar d'une fleur d'oranger
En vol stationnaire
Au dessus d'une fourmilière.
Tout occupé à son régal
Et aveuglé par le soleil matinal
Il ne vit pas s'approcher un Aigle en chasse.
Sans bruit, l'impérial rapace
S'abattit sur lui, le projeta sur la fourmilière
Avant de l'emporter entre ses serres.
Le Colibri alors crut
Son heure dernière venue.
Par bonheur, une myriade de Fourmis guerrières
Par l'attaque dérangées
Et sur l'Aigle s'étant agglutinées
À la tête l'attaquèrent.
Ce dernier, suffocant et aveuglé,
Dû au plus tôt se poser
Et à grands coups d'aile
Chasser ces maudites Fourmis
Relâchant dans ce duel
Notre Colibri tout estourbi.
Depuis lors, reconnaissant, cet oiseau gracile
À élu son nouveau domicile
Près des Fourmis ses amies
Prêt à les défendre au péril de sa vie.

De cette histoire, voilà la morale :
Si faible vous naissez,
Vos forces unissez,
Cela vous sera vital.

MISCELLANÉES

Les pipelettes

Sur le bord de l'étang de La Villette
Se tient à l'affût une frêle aigrette.
« As-tu gobé quelque poisson, lui demande une rieuse mouette ?
- Non, lui répond-elle, la loutre a déjà fait une razzia complète
Et ne nous laisse que les miettes . »
Perchée sur un arbre à proximité, une chouette
Entendant ces plaintes, elle aussi rouspète :
« Il y a belles lurettes
Que sa cousine la belette
Jour et nuit dans les parages furète
Nous laissant en grande disette. »
Sur ces entrefaites
Arrive une petite bergeronnette
Qui avec virulence aussitôt tempête.
« Ah là là! Les sangliers, des cultures font place nette.
Plus une graine à mettre dans nos assiettes !
Nous ne pourrons survivre avec des clopinettes.
- Il faut se débarrasser de ces pique-assiettes,
Surenchérit une alouette
Qui se promenait en goguette.
Nous ne pouvons plus supporter ce racket.
Faisons toutes la promesse secrète
De nous battre ensemble contre ces maudites bêtes. »

Fables

La chose est à peine faite
Qu'une belle genette
Entendant toutes ces pipelettes
Aussitôt sur son chemin s'arrête
Ne pensant qu'à remplir sa musette.
Après une approche discrète,
Elle bondit sur notre blanche aigrette
Qui par tous ces commérages distraite
À son envol n'est pas prête.
Et alors, me direz-vous, ses amies, leur union secrète ?
Toutes des mauviettes
Qui prirent la poudre d'escampette
Laissant leur promesse aux oubliettes
Et se faire dévorer la pauvrette !

Les dires de pipelettes
Ne sont bien souvent que sornettes
Qui varient comme girouette
Et ne valent pas tripette.

MISCELLANÉES

Le Coq du château

Dans la ferme du château régnait un Coq
Sur une basse-cour d'une autre époque.
Son travail était plutôt agréable,
Faire la cour à toutes les gallinacées,
Mais aussi à merci corvéable.
Chaque matin que Dieu fait
Il devait chanter dès le soleil levé.
Aussi, un beau jour, il décida
De prendre un repos bien mérité
Et le fermier en se levant le trouva
Endormi au milieu du poulailler.
« Que t'arrive-t-il donc, lui demanda ce dernier ?
- Je ne veux plus chanter chaque matin à l'aube lui
répondit-il.
- Après tant d'années de bons et loyaux services
Ta demande est bien justifiée, brave volatile,
Reprit le fermier avec un brin de malice. »
Il l'installa dans une ancienne étable
En lui assurant qu'il n'aurait que du grain de table
Et une litière chaque semaine changée.
Un vieil âne qui ruminait dans la chambrée
Aussitôt interpella le nouveau locataire.
« Je ne t'ai pas entendu ce matin sonner le clairon.
 Aurais-tu repiqué du bec sous le polochon ?
- Mais non, j'ai juste décidé de ne plus rien faire
Pour enfin pouvoir tout mon soûl me reposer.

Fables

- Mais à ne rien faire, tu vas beaucoup t'ennuyer !
- Pas du tout, j'ai tant besoin de dormir. »
Et notre Coq étira ses ailes avant de s'assoupir.
Il se mit à somnoler à longueur de jour
À se languir la nuit dans d'interminables insomnies
À avoir des histoires de bourricots la tête farcie
À ressasser ses équipées dans la basse-cour
À regretter le goût des vermisseaux
Qu'il déterrait alors sous ses ergots
À jalouser son remplaçant cent fois
Qui devait s'en donner à cœur joie.
Quand le fermier vint enfin lui rendre visite
Il ne put se déjuger en lui rapportant son désespoir.
Aussi, il avança qu'une poussée de jouvence subite
Lui permettait à nouveau d'assumer ses devoirs
Auprès de ces dames avec toute la vigueur nécessaire
Et que du chant de l'aube, il en faisait son affaire.

Tout travail mérite repos
Mais du repos point trop n'en faut.
L'excès de l'un peut vous mener au surmenage
L'abus de l'autre peut vous conduire au naufrage.
De l'harmonie entre ces deux valeurs essentielles
Dépend votre équilibre personnel.

MISCELLANÉES

L'Oie et le Cygne

Point n'est besoin de vagabonder
Près de chez vous, là est le bonheur.
Nous allons le montrer tout à l'heure.

Une Oie s'apprêtant à migrer,
Avant l'envol, au Cygne son cousin
Rendit visite sur son beau bassin.
« Tu pars une fois de plus cette année !
Mais reste donc ici, en nos contrées
Les hivers ne sont pas si froids.
Tu t'accoutumeras, je le crois
Implora le bel oiseau de parade. »
Mais l'Oie lui répondit sans ambages :
« La toute blancheur de ton plumage
Est bien preuve d'hivers longs et maussades.
- Puisque je ne peux te retenir,
Reprit l'oiseau blanc, pars sans faiblir.
Que dieu te protège des ouragans
Et sache que je t'attends au printemps. »
La belle saison venue, notre Cygne
Tous les jours du ciel guettait un signe.
Las, des oies revenant à tire d'aile
Lui apprirent une douloureuse nouvelle.
À cause d'une tempête, sa cousine dut
Se poser en un lieu inconnu
Et par malchance, un loup affamé
N'en fit pour son repas qu'une bouchée.

Fables

L'Écureuil et les deux Tourterelles

Dans le parc d'un château centenaire
Un Écureuil s'activait à tout va,
Sautillait de cèdre en séquoia,
Faisant ses provisions pour l'hiver.
Deux Tourterelles, qui domicile avaient élu
Dans un chêne voisin, du haut de leur perchoir
S'amusaient à le voir s'affairer dare-dare.
« Mais pourquoi te fatigues-tu,
Lui demandèrent-t-elles ?
La nature est si belle
Prends le temps de te reposer
Pour mieux l'admirer.
- De la nature, je suis soucieux,
Leur répondit le besogneux.
Les beaux jours nous sont maintenant comptés. »
Mais, continuant à se pavaner,
Nos ailées n'écoutèrent point ce Cassandre.
Pourtant, cette année-là, point d'automne on ne vit.
Très tôt il gela à pierre fendre
Et la froidure persista sur tout le pays.
Nos deux Tourterelles, ravalant leur orgueil
Allèrent quémander chez l'Écureuil
Quelques noisettes ou petits vers
Pour subsister jusqu'à la fin de l'hiver.

MISCELLANÉES

Celui-ci leur répondit sans ambages :
« De votre plumage, tirez avantage
Pour votre jabot tenir au chaud
Et lancer quelques roucoulements
Qui ne manqueront pas de faire venir le printemps. »

L'insouciance est mère de bien des maux
Et la prévoyance peut vous éviter l'échafaud.
Ne l'oubliez pas, bonnes gens !
Vous pourriez l'apprendre à vos dépens.

Fables

La Fourmi et la Cigale

Dans une prairie bordée d'arbustes
Une Fourmi ne cessait de passer et repasser
Pliant l'échine sous un grain de blé
Bien plus imposant que son buste.
Une Cigale qui lissait ses ailes
Allongée sur une branche d'amandier
S'amusait à voir tant de zèle.
« Mais pourquoi petite Fourmi, demanda-t-elle, te faut-il tant besogner ?
Viens te reposer et humer les senteurs de la campagne.
Aux autres, laisse les travaux de bagne.
- Je n'ai pas le temps, répondit l'affairée,
Le blé est mur, il faut le rentrer.
- Ton ardeur au travail est très louable
Mais ce serait bien le diable
Que tu ne puisses t'arrêter, reprit l'oisive.
- M'arrêter, coupa court la besogneuse, je ne puis.
Je dois engranger un demi-boisseau avant les pluies. »
Et elle se remit aussitôt à sa tâche rébarbative.
Cette année-là, très rude fut l'hiver.
La Cigale périt pétrifiée dans son abri précaire
Se remémorant les chaudes journées estivales
Dans son engourdissement fatal
Et la Fourmi succomba de faim
Couchée sur sa réserve gelée de grain
Qu'elle ne put réussir à croquer
Regrettant amèrement son dur labeur de l'été.

Savourez les moments de chaque jour
Que la fortune vous offre à son gré !
Moins de regrets vous aurez
Quand sera venu votre tour.

MISCELLANÉES

Jean-Guy et Jean-Jacques

Mis à la retraite, Jean-Guy, un homme d'affaires remarquable
Se retrouva seul à tourner en rond dans sa maison de maître.
Aussi, afin de dissiper son sentiment de mal-être
Il se décida à entreprendre un voyage inoubliable.
De luxueux châteaux en grands hôtels
Il passa quelques semaines d'une vie artificielle
Dans des salons fréquentés par des personnes
Que rien ne passionne
N'osant parler de peur de laisser entrevoir leur fortune.
À son retour, il découvrit qu'en raison de décisions inopportunes
Son magot avait fondu comme neige au soleil.
Il en perdit le sommeil
Déprimant chaque jour davantage
Et on le retrouva pendu à un cordage
Attaché à la poutre la plus haute de sa demeure
Comme pour signifier qu'il était de condition supérieure.

Jean-Jacques, homme à tout faire,
Demanda à partir le plus tôt possible en retraite
Tant il avait de projets en tête.
Il jeta son dévolu sur une vieille chaumière
Qu'il restaura comme un professionnel
En utilisant son habileté de travailleur manuel.

Fables

Puis, n'ayant plus guère d'argent
Mais voulant avec une volonté de titan
Découvrir du monde l'essentiel
Il prit son bâton de pèlerin
Et partit sur le chemin
De Saint-Jacques de Compostelle.
Tout au long de son périple
Il se fit des amis multiples
Avec lesquels il partagea
Bonheur et joie de vivre sans tracas.
Arrivé dans la sainte citadelle
En se recueillant sur le tombeau de l'apôtre
Il prit l'engagement formel
De toujours donner son temps aux autres
Ce qui assurément fut pour lui de début d'une vie
Nouvelle pleinement réussie.

Au tournant de votre vie
Ne l'oubliez vous aussi !
L'homme est un être grégaire
Qui l'oublie se perd.

Chemin de Compostelle

Chemin de Compostelle

Un Condor sur le Chemin

Sur les hauts plateaux monotones
De l'Altiplano se morfondait un Condor autochtone
Que rien ne pouvait tirer de sa torpeur généralisée.
Un beau jour, alors qu'il somnolait comme à l'accoutumée
À l'ombre d'un cocotier, un coquin de macaque
Lui vanta sans vergogne et à l'envi
Ses pérégrinations sur le chemin de Saint-Jacques.
Notre géant des airs prit enfin conscience du profond ennui
Qui dirigeait en majordome son sort
Et un projet de pèlerinage aussitôt prit corps.
« Je m'en vais marcher vers Compostelle
Rien de tel pour me remettre en selle ! »
Annonça-t-il à son compagnon de vol le colibri
Qui, un brin poltron, cette mise en garde lui fit :
« Réfléchis avant de partir.
Le chemin est très difficile.
Des milliers de kilomètres à parcourir
Par tous temps, pluie, orage, grésil.
Si par bonheur tu ne tombes pas dans un précipice
Tu finiras à tout le moins couvert de cicatrices. »
Mais le noble Condor, quelque peu rebelle,
Rejeta ces avertissements d'un revers de l'aile
Et de bons conseils alla faire moisson
Chez son cousin européen de haut vol, le faucon.

MISCELLANÉES

« Il te faut arborer une coquille,
Signe d'appartenance à ta nouvelle famille.
Tu suivras comme tes ancêtres jadis
L'illustre via Podiensis
Décrite dans le codex Calixtinus.
Chaque matin tu partiras à l'angélus.
Chaque soir tu partageras ton couchage
Avec tes compagnons de pèlerinage.
Tu feras tamponner ta credential
Pour preuve de ton passage local.
N'oublie pas : tu ne dois rien exiger
Et pour ce qui te sera offert, toujours remercier. »
Il commença donc son chemin
Après avoir reçu la bénédiction du pèlerin
En la cathédrale du Puy-en-Velay.
Bourdon en main, coquille attachée,
Il s'élança de bon matin, impérial,
Vers Conques et son abbatiale,
Traversa les terres enrochées de l'Aubrac,
Enjamba le Lot à Cahors,
Dormit en l'abbaye de Moissac
Et atteignit Saint-Jean-Pied-de-Port.
Continuant par monts et par vaux,
Il parvint au hameau de Roncevaux.
Les terres ibériques étaient à ses pieds !
Burgos, Leone ne furent que formalités.
Il entra en Galice par les hauteurs de O Cebreiro,
Et s'exclama : « Montjoie ! Montjoie ! » au Monte del Gozzo
En apercevant les flèches de la cathédrale
Qui brillaient au soleil comme des étoiles.

Chemin de Compostelle

Chaque jour il releva le défi
D'une longue marche vers l'inconnu.
Chaque jour il entendit
Des récits de vies décousues.
Chaque jour il réfléchit
Sur le sens à donner à sa propre vie.
Il comprit à la toute fin de son pèlerinage
En se recueillant sur le tombeau de l'apôtre
La quintessence de ce long vagabondage :
Le Chemin, c'est la rencontre avec l'autre.

Si vous aussi êtes tenté par l'aventure
N'écoutez pas les oiseaux de mauvaise augure.
Partez sur les chemins de pèlerinage
Ils deviendront alors votre apanage.

MISCELLANÉES

T'as déjà fait le Chemin ?

« T'as déjà fait le chemin ? »
Cette question, je m'y attends à tout moment, je la pressens et j'essaie de moduler la réponse en fonction de la personne qui me la pose. Aujourd'hui, en ce beau dimanche de printemps, c'est Virginie, une jeune retraitée à la chevelure cendrée qui rayonne de par le calme de ses paroles prononcées avec douceur et gentillesse; aussi, je ne me sens pas le droit de lui asséner une réponse trop sèche du type « pas encore, on verra çà plus tard ... »
« Je ne l'ai pas encore fait , lui répondis-je, mais j'en ai de plus en plus envie avec toutes les anecdotes sur le chemin que j'entends. En fait, j'ai décidé de le commencer avant le début de l'été... Y a pas de raison que je n'y arrive pas ! »
Et pourtant si, il y a de multiples raisons pour ne pas arriver au bout, à Saint-Jacques de Compostelle, là où l'apôtre Saint-Jacques à sa sépulture. La longueur du chemin, 1800km depuis Paris. Le sac à dos qui vous brise l'échine pendant de longues heures tous les jours. Les chaussures qui, alors qu'elles vous allaient à la perfection lors de l'essayage en boutique, vous créent de multiples ampoules sur les orteils, sous la voûte plantaire, derrière la cheville... et vous font serrer la mâchoire à chaque enjambée. Le froid, et plus encore, la pluie qui vous transpercent de longues heures et vous fait marcher comme un zombie sous votre cape. Un hébergement à trouver chaque soir avec la peur de s'entendre répondre : « On est complet mais vous avez un autre gîte à six kilomètres ».

Chemin de Compostelle

Six kilomètres ! Une heure et demie au mieux avec le risque qu'il soit aussi complet. La maladie, rhume, angine ou tourista. L'accident stupide, la glissade et c'est au mieux l'entorse, au pire la fracture. La morsure de chien, profonde dans le mollet, qui vous oblige à marcher boiteux en vous appuyant sur un bâton de fortune.....
Et encore, bienheureux sommes nous, pèlerins du 20ème siècle car le principal danger du pèlerin du Moyen-Âge, c'était l'attaque et le détroussement par les fameux bandits de grand chemin.
« Oui, y a pas de raison, tu verras Saint-Jacques te protégera. Tu pars d'où ? »
Tu parles ! Saint Jacques, me protéger ! Et pourquoi pas le Pape où Jésus, voire son père s'il a du temps pour s'occuper de moi pendant sa retraite dorée là-haut dans le ciel ! Mais Virginie est trop sensible, certainement croyante, pour que je ne lui balance pas tout de go le fond de ma pensée.
« De chez moi, comme les pèlerins d'autrefois, enfin...ceux du Moyen-Âge.
- Ouais ! Quel courage! Je suppose que, comme eux, tu vas revenir de Compostelle à pied... me répond-elle ironiquement. »
Ah ! Je n'avais pas envisagé la chose... Mon objectif c'est d'y aller, après on verra !
« Faut déjà que j'y arrive ! Et qui sait, une fois sur place, si je n'aurai pas envie de continuer pour un tour de Méditerranée via le Portugal et Gibraltar ? Je passe par La Mecque et Jérusalem, et peut-être même que je pousse jusqu'en Inde comme Alexandre le Grand pour me purifier dans le Gange, lui répondis-je, sur le ton de la plaisanterie.

MISCELLANÉES

- Oh, tu sais, reprend-elle sérieusement, tu n'y arriveras pas avec tes pieds mais avec ta tête. Les pieds finiront bien par suivre, mais si tu ne l'as pas dans la tête...
- Dix minutes de pause ! »
C'est Michel, longue barbe blanche à la père Noël, le responsable de cette marche mensuelle, qui vient d'arrêter la progression du groupe. La marche est organisée par l'association Compostelle 2000 de Paris, et chaque premier dimanche du mois, 40 à 50 personnes se réunissent dans un coin de l'Ile-de-France pour parcourir une vingtaine de kilomètres, mais surtout pour parler, pour «s'échanger leur chemin» comme ils disent. Cela donne un peu près ça :
« À Sahagun, y a un super gîte sympa dans une ancienne église avec des boxes spacieux. Tu dors à l'étage sur une estrade en bois. Juste en-dessous, c'est une salle de spectacle, donc faut pas y aller le week-end.
- Sahagun , c'est avant ou après Puente-la-Reina ?
- Bien après; c'est entre... »
Moi qui n'ai jamais mis un pied en Espagne, j'ai l'impression qu'on me parle de l'équivalent ibérique de Trifouillis-les-Oies qui est, comme chacun sait, bien après Toucheboeuf, plus exactement entre Tougny-en-Tesse et Bergamote-la-Vieille !
Alors au bout de deux ans de ce marengo compostellan, soit vous ne le digérez pas et vous renvoyez le tout avec la sauce Santiago, soit vous vous dîtes : je ne vais pas rester plus con qu'eux, je vais y aller à Santiago voire ce foutu Saint Jacques !

Tout un Chemin....mais cette fois ce sera sera le mien !

Chemin de Compostelle

Les premiers pas

En ce premier samedi de mai, je pars à l'aventure, je commence mon Chemin vers Saint-Jacques de Compostelle !

Ces deux premiers jours, de Paris à Melun, seront un test pour moi avant de me lancer définitivement dans le grand bain de la marche au long cours.
Sac épinglé d'une coquille, chaussures de marche, chapeau à larges bords, bâton en guise de bourdon, tout est déjà prêt depuis plusieurs semaines.
J'enfile la tenue du randonneur : pantalon et tee-shirt en matière synthétique pour un séchage rapide, chaussures demi-tige pour les connaisseurs. J'empoigne le sac à dos ; toujours très pesant quand on le saisit d'une main pour l'endosser, il semble s'alléger une fois posé sur la mule, courroies autour des hanches et du thorax bien serrées.

Je descends l'escalier de mon immeuble de très bon matin et me lance sur le Chemin. Premiers pas sur le trottoir bituminé, moment officiel s'il en est. Je me souviens bien de ce moment du départ. La petite place au bas de chez moi était encore quasi-déserte, ce qui me convenait par ailleurs très bien : qu'auraient pensé mes voisins en me voyant ainsi harnaché ?
« Mais où allez vous donc ?
- Vous partez tout seul, sans votre femme ?
- Vous allez à Compostelle !!!
- Mais combien de temps vous allez mettre pour aller jusque là-bas ?

MISCELLANÉES

- Vous avez prévu combien de kilomètres par jour ?
- Trente ! Mais c'est énorme, avec votre sac à dos en plus qui doit peser une tonne ? »
Un frisson me parcourt. Pas un frisson de peur, je ne vais traverser que des régions où règne la sécurité. Non, c'est un frisson de bonheur qui m'envahit, une sensation de liberté enfin trouvée, l'assurance de pouvoir faire ce que je veux sans qu'aucune contrainte ne me rappelle à l'ordre. Je ne marche pas courbé sous le poids de mon sac, non, je trottine allègrement d'un bon pas, l'esprit exalté, les sens en éveil à la recherche de senteurs nouvelles, de paysages émergeant de la brume du matin. Certes, au bout de quelques heures, la fatigue pointe son nez, mais le mental, toujours au beau fixe, sait la reléguer en arrière plan.

Juste 22km au compteur pour ce premier jour et je fais halte chez mon fils.

Dîner en famille, une bonne nuit récupératrice sur le canapé du salon et le pèlerin repart en pleine forme pour la deuxième étape.

Celle-ci sera plus longue: trente et quelques kilomètres, sur le papier tout du moins. Je compte rejoindre Melun et de là, retour à la maison par le train. Quelques zones urbaines à traverser ainsi que le couloir de passage des avions à basse altitude avant leur atterrissage à Orly. Pas d'un grand intérêt, mais il faut bien s'extirper de cette mégapole parisienne.

Enfin les premiers sentiers balisés GR (Grande Randonnée) et le stress urbain disparaît. Je me mets à l'affût de tous les détails de l'environnement de mon chemin : une villa superbement arrangée, des fleurs sauvages dans les sous-bois, des chants d'oiseaux mais aussi des vrombissements de tondeuses à gazon en ce dimanche matin.

Chemin de Compostelle

Il n'est pas encore midi lorsque j'entame la descente vers Corbeil où je peux acheter quelque sandwich pour mon pique-nique du jour. Puis traversant la Seine sur le pont principal, je m'arrête net surpris d'entendre de forts piaillements dans le ciel . Je lève la tête pour découvrir un combat de titans entre un corbeau et un héron, lutte féroce entre un Piper léger changeant constamment de cap et une Caravelle stable mais peu maniable. Je laisse là les deux belligérants et m'engage sur le chemin qui longe la Seine. Au bout de quelques centaines de mètres, le sentier se retrouve coincé entre ce beau fleuve et un grillage rouillé entremêlé dans la végétation . Je regarde ma carte : le chemin est bien balisé tout le long de la Seine, je peux donc continuer, sur le papier tout du moins, car sur le terrain, je me retrouve bloqué par un bras du fleuve qui rentre en méandres dans les terres. Des vestiges d'un pont en béton armé gisent à terre.

Le pèlerin n'aimant pas revenir sur ses pas, je franchis sans mal le vieux grillage à moitié couché et me retrouve dans un camp-nature, rempli de terrains de sports et de quelques bungalows, à la recherche d'un pont qui pourra me permettre de continuer mon chemin vers le sud et m'éviter un long détour. Peine perdue, je m'aperçois vite que la seule solution est de revenir sur mes pas sur un à deux kilomètres et de contourner ce camp-nature. Je me présente donc au bureau d'accueil du camp, où par chance (merci Saint Jacques !) un garde est présent et lui demande de m'ouvrir le portail d'entrée pour que je puisse ressortir.

« Mais, qu'est-ce que vous foutez là ? Par où êtes vous rentré ? m'assène t-il sur un ton de réprimande . »

MISCELLANÉES

Déjà fort mécontent d'avoir marché plus de trois kilomètres pour rien, il me faut en plus me faire enguirlander !

« Si vous clôturiez votre camp-nature correctement, je ne serai pas là, et de plus vous pourriez indiquer aux marcheurs que le chemin en bord de Seine est un cul de sac ! lui dis-je d'un ton désagréable.

- Le balisage, c'est pas nous ! me rétorque-t-il. »

Voyant que je ne suis pas d'humeur amicale, il prend son trousseau de clés, m'ouvre sans aucune autre parole le portail et nous nous séparons en mauvais termes.

Il est déjà presque treize heures, et me voilà de retour au point de départ, quelque part à la sortie sud de Corbeil. Le soleil est déjà haut dans le ciel et la chaleur de plus en plus oppressante. Heureusement, j'ai ma réserve d'eau dans mon sac à dos avec laquelle je peux me désaltérer grâce à un tuyau. Je profite de la pose pique-nique pour éteindre la colère qui venait de monter en moi. J'ai perdu une heure, mais qu'est ce qu'une heure de marche dans le parcours d'un pèlerin ? Je suis en pleine vie, il fait beau et je mange à ma faim, donc tout est pour le mieux.

Reprenant mon chemin à travers la forêt de Sénart, j'entends le coucou chanter. Vite, un vœu: arriver jusqu'à Santiago, bien entendu.

La chaleur atteint son apogée en cette chaude journée de printemps et je tète régulièrement sur ma canule, quand, d'un coup, plus rien ne vient. J'enlève le sac, pensant à un quelconque débranchement du tuyau ou à son désamorçage.

Chemin de Compostelle

Hélas, le problème est plus grave: panne sèche ! Plus d'eau, en pleine forêt, sans aucune maison pour aller en quémander ! Bon, je ne suis pas dans le désert, je ne vais pas mourir de soif. Néanmoins, ayant repris la marche, j'ai de plus en plus soif, ma bouche devient sèche, archi-sèche et ma gorge commence à s'irriter. Quand j'atteins le premier village, Vert-Saint-Denis, quelque quarante cinq minutes plus tard, mon gosier en feu me fait vivre un calvaire ! Yeux hagards, je recherche le premier magasin où je peux acheter une bouteille d'eau. Les mètres deviennent des kilomètres tant la soif est intense. Enfin, une station essence et son magasin attenant. J'entre, me précipite sur une bouteille d'eau que je bois d'un trait, avant même de l'avoir payée !

La leçon que je tirerai de cette péripétie est simple : surveiller ses réserves d'eau, et pour ce faire je ne tarderai pas à passer au port de deux petites bouteilles portées dans un sac ventral. Faciles à prendre pour se désaltérer, je peux gérer visuellement les niveaux, et passer en mode économie si nécessaire, évitant ainsi tout assèchement non contrôlé de la gorge.

Quelques quatre kilomètres plus loin, j'entre enfin dans Melun. La petite route au sortir de la forêt en rejoint une plus grande, puis, s'enfonçant vers le centre ville, s'élargit, passe à deux fois deux voies, devenant ainsi une autoroute urbaine. Le trottoir s'est effacé au profit d'une voix d'arrêt d'urgence, suffisamment large cependant pour assurer ma sécurité. Se présente alors le franchissement de la Seine et la voix d'arrêt d'urgence devient très étroite. Je m'arrête faire le point.

MISCELLANÉES

Normalement, je devrais aller franchir la Seine au prochain pont que j'aperçois à quelque cinq cent mètres en amont mais cela me ferait un kilomètre supplémentaire alors que je sais la gare droit devant, juste après ce pont sans trottoir. J'ai déjà fait près de quarante kilomètres, les jambes sont fourbues, le dos endolori, aussi j'opte pour la voie la plus courte tout en sachant que, outre le danger d'un d'accident, j'encours un autre risque : le passage d'une voiture de police et la conduite au poste.

La chance étant avec moi, je rejoins sans encombre la berge sud de la Seine, puis la gare de Melun et my sweet home, satisfait d'être parvenu à maîtriser les nombreux aléas de ce deuxième jour.

Chemin de Compostelle

La longue Marche

Pour cette troisième étape, je m'attaque à la traversée de la forêt de Fontainebleau. Forêt immense, plus de dix sept mille hectares, que les randonneurs franciliens connaissent bien puisqu'ils en font leur terrain de jeu favori chaque week-end. Forêt faite de majestueuses pinèdes plus ou moins ensablées et parsemées de chaos de rochers de grès dur qui offrent des sites d'escalade aussi variés que difficiles. À ce sujet, si vous rencontrez des personnes en pleine forêt portant sous le bras un matelas plié en deux, ne croyez pas comme je l'ai cru tout d'abord, qu'il s'agit de personnes souhaitant faire une sieste confortablement allongées sur leur matelas. Non, il s'agit d'escaladeurs à main nue qui, pour amortir une chute inopinée, posent ce matelas au bas du rocher qu'ils tentent d'escalader . Forêt balisée par de très nombreux itinéraires qui se croisent et s'entrecroisent, aussi est-il préférable d'avoir un bon plan pour s'y repérer.

Cela étant dit, cette traversée est tout simplement exceptionnelle par la beauté des paysages rencontrés et par la nature du terrain. Accidenté, vallonné, sableux, le chemin tortille autour des rochers si bien que votre vitesse horaire est réduite de moitié. Mais quel plaisir pour les yeux ! Vous vous amusez à essayer de trouver un aspect animal à chaque gros rocher que vous croisez, vous vous étonnez en découvrant que le sentier puisse se faufiler entre ces enchevêtrements de blocs, vous vous prenez pour un explorateur en pleine jungle. Oui la nature est vraiment belle en forêt de Fontainebleau !

Cette troisième étape marque aussi pour moi le vrai départ sur le Chemin puisque je dois maintenant trouver un hébergement chaque soir. Oh, certes, le pèlerin n'est pas difficile : il ne lui faut qu'un lit et si possible une douche pour qu'il soit heureux et remercie Saint-Jacques. Reste qu'il y a des bons et des mauvais hébergements, qui dans les deux cas vous laissent des souvenirs impérissables. Pour ce qui est des plus mauvais, rares heureusement, je me souviens d'un gîte communal en plein Morvan équipé de vieux sommiers à ressort avec des matelas-mousse de trois centimètres d'épaisseur, d'un mobilier minimaliste qui donne une atmosphère de maison abandonnée, d'une lumière de sécurité impossible à éteindre (mais c'est le cas de nombreux autres gîtes) qui vous agresse toute la nuit. Pour couronner le tout, un orage ce soir-là qui m'oblige à dîner à l'intérieur dans une odeur âcre et poussiéreuse. Autant dire que n'ai pas mis pas longtemps le matin venu pour quitter au premier rayon de soleil ce trou à rat !

Un autre hébergement m'a laissé aussi un souvenir impérissable, mais presque sympathique. Il s'agit d'une chambre d'hôte près de Saint-Gengoux-le-National. Il faut préalablement dire que question France profonde, vous y êtes en plein, au fin fond de la Saône-et-Loire. Un ancien bâtiment de ferme avec tout le confort des années cinquante vu que les propriétaires ont déménagé dans le nouveau bâtiment construit juste à côté. J'avais donc

Chemin de Compostelle

droit au salon du grand-père des années vingt, au lit de la même époque avec deux matelas pour amortir l'effondrement du sommier, à la cuisine en formica, au véritable frigidaire avec sa porte bombée. En fait un véritable retour vers le passé, pas désagréable, surtout que tout l'étage comprenant chambre, salon, cuisine m'était dédié. L'affaire devint plus délicate, je dirai même plus irrespirable, lorsque par cette forte chaleur du mois de juin je voulus ouvrir la fenêtre de ma chambre : une odeur exécrable envahit ma chambre. Et pour cause, la fenêtre donnait juste au-dessus de la cour des poules. Le pauvre citadin que je suis avait complètement oublié ces odeurs campagnardes et je n'ai pu les supporter que grâce à une forte fatigue accumulée dans la journée qui m'a emporté dans les bras de Morphée.

Mais, de même que les trains qui arrivent à l'heure sont plus nombreux que les trains qui arrivent en retard, la plupart des hébergements vous laissent de bons souvenirs, surtout si vous partagez votre chambre avec des pèlerins sympathiques qui, c'est la coutume sur le Chemin de Saint-Jacques, vous proposent de préparer et prendre le dîner ensemble. On discute alors beaucoup autour de la table, en toute sincérité et fraternité, sans aucun jugement de l'autre, chacun apportant son expérience du chemin, les motivations qui l'ont amené à faire le chemin, les blessures de sa vie.

Et c'est ainsi, d'hébergement en hébergement, étape après étape, que je progresse sur mon Chemin. Partant de Paris , il passe par Vézelay, ma région natale, pour rejoindre Le Puy-en-Velay, puis Saint-Jean-Pied-de-Port et Saint-Jacques de Compostelle.

MISCELLANÉES

La Dame blanche

Ce matin-là, l'air est frais et les quelques nuages qui parsèment le ciel sont annonciateurs d'une journée ensoleillée.

Je m'élance dès potron-minet sur le chemin qui doit me mener jusqu'à Chazelles, petite bourgade du département de la Loire. J'ai repéré sur une carte au 100 millième le parcours du jour, une vingtaine de kilomètres sans difficulté majeure dans les monts du Lyonnais.

Las, après quelques kilomètres, comme déjà plusieurs fois depuis mon départ de Paris, les balises ont disparu et à chaque intersection, je prends le chemin qui me semble correspondre le mieux à la direction sud-ouest, la direction de la ville du Puy.

Cette fois, le chemin choisi à l'aveugle me conduit au bord d'un plateau d'où je peux apercevoir au loin, en contrebas dans la plaine, une ville qui, si j'en juge à ma carte, doit-être Sainte-Foy-l'Argentière.

Sauf que le chemin ne descend pas dans cette direction, certainement parce que là-bas, au bout des prairies, des taillis annoncent une pente très raide, peut-être des falaises ?

Quel chemin choisir ? Les deux chemins à ma disposition s'en vont, l'un vers l'est, l'autre vers le nord-ouest, certainement vers des pentes plus douces, mais à l'opposé de ma direction.

Chemin de Compostelle

Surtout ne pas me tromper car chaque erreur de parcours se paiera par une demi-heure, voire une heure de marche supplémentaire.
Alors que je relève la tête de la carte, je vois apparaître au loin, comme surgie de nulle part, une marcheuse qui vient vers moi. Très surpris de faire une rencontre dans cette campagne déserte, je l'examine pendant qu'elle s'approche. Elle est tout de blanc vêtue, tennis blanches, casquette blanche et survêtement de satin blanc aux plis parfaits, tenue un peu anachronique dans cette campagne bourbeuse ! J'ai du mal à lui donner un âge, certainement parce que sa casquette fait de l'ombre sur son visage.
La conversation s'engage aimablement et j'en viens à lui expliquer mon égarement.
« C'est simple, me répond-elle, pour rejoindre Sainte-Foy-l'Argentière prenez ce chemin et bifurquez à gauche à la première intersection.
- Vous êtes sûr ? Ce chemin m'a plutôt l'air de s'éloigner de Sainte-Foy. »
J'ai à peine fini d'exprimer mes doutes que déjà elle sort de son sac une tablette informatique blanche, l'allume et m'explique :
« Tenez ! Regardez, voici le chemin que je vous conseille. C'est bien le chemin le plus court pour Sainte-Foy à moins que vous n'ayez une âme d'alpiniste intrépide et que vous ne descendiez à travers ces rochers abruptes. »

Je la remercie chaleureusement et m'éloigne sur le chemin qu'elle m'a préconisé. Avant la première courbe, je me retourne pour lui faire un petit signe amical. Disparue ! Évanouie ! Par où est-elle repartie ? Bizarre cette rencontre d'une marcheuse tout de blanc vêtue !
Esprit rationnel, je me dis que la probabilité de rencontrer quelqu'un en ce lieu perdu, au moment même de mon passage, avec une tablette informatique est infime, quasiment impossible. Alors, qui ai-je rencontré ? Ou plutôt, quelle entité a envoyé Saint-Jacques sur mon chemin ? Une Dame Blanche, Sainte-Foy elle-même ? Ou ai-je dialogué avec mon Ange-Gardien ?

Quelques semaines plus tard, de retour chez moi, je me renseigne sur la vie de Sainte-Foy. À 12 ans, elle a refusé d'abjurer sa foi et est morte en martyre, vierge et enfant. Mais oui, bien sûr, la pureté de l'enfant, la virginité, toutes choses que l'on symbolise par la couleur blanche !
Ai-je rencontré une émanation virtuelle de Sainte-Foy ou une promeneuse du dimanche ?
Je dois vous l'avouer, bien qu'ayant passé ma vie à me nourrir de rationalité, je crois vraiment, ce jour-là, avoir fait une rencontre surnaturelle.

Chemin de Compostelle

Emberlificotage sur le Chemin

Voilà déjà presque un mois que je marche sur le chemin de Saint-Jacques de Compostelle et je viens juste d'arriver au Puy-en-Velay. Ce premier mois m'a beaucoup appris sur les péripéties qu'un jacquet peut endurer : les ampoules aux pieds, le mal de dos, les intempéries, les égarements. J'en ai déjà épinglé plusieurs de ce type à mon palmarès et je pense ne plus être un pèlerin de la première giboulée. Certes, le Chemin reste toujours imprévisible mais, au vu de mes récent déboires, j'ai l'impression, voir même la prétention de penser que je saurai gérer le prochain petit grain de sable qui fatalement arrivera tôt ou tard.

Cette étape-là, tout jacquet ayant emprunté la voix Podiensis s'en souvient bien. Il y a d'abord la bénédiction du pèlerin à la cathédrale du Puy, puis la sortie de cette cathédrale par un escalier majestueux qui plonge de l'allée centrale de la nef vers le centre-ville, la traversée des faubourgs et la remontée sur les premiers coteaux d'où, si vous prenez le temps de vous retourner, vous avez une vue magnifique sur la ville du Puy dominée par la statue monumentale de la Vierge à l'Enfant.

C'est là, soufflant dans cette rude montée, que je rencontre une journaliste autrichienne. Le dialogue s'installe en anglais et nous marchons côte-à-côte quelque temps lorsqu'à un croisement un marcheur

arrivant en sens inverse nous salue et nous demande :
« Vous allez vers Monistrol-d'Allier ?
- Oui bien sûr, répondis-je puisque je dois atteindre cette bourgade dans la soirée et retrouver mon épouse arrivant par le train.
- Alors je vous conseille de prendre le chemin de droite, nous répond-il, c'est la voix historique qu'empruntaient les pèlerins autrefois. Le chemin de gauche qui passe par Montbonnet est beaucoup plus long. »
Je sors ma carte au cent millième et après une analyse topologique rapide de la variante proposée par notre randonneur de rencontre, je suis obligé d'admettre qu'il a raison. Nous quittons donc la voie balisée par les coquilles pour la voie historique en suivant des flèches de couleur jaune.
Effectivement, quelques dix kilomètres plus loin, les pèlerins qui qui n'ont pas eu la chance de rencontrer notre informateur-conseil nous rejoignent avec trois ou quatre kilomètres de plus dans les godillots, et je me félicite que Saint-Jacques soit avec nous en ce beau jour puisqu'il nous a envoyé un pèlerin au bon moment et au bon carrefour, nous économisant ainsi quelque fatigue inutile.

<u>Deux ans plus tard.</u>
Par une chaude soirée, alors que je zappe négligemment allongé sur le canapé, je tombe sur un reportage télévisé qui prétend dénoncer les combines et petites arnaques sur le chemin de Compostelle.

Chemin de Compostelle

Le premier sujet traité est celui des détournements de chemin à des fins commerciales et le journaliste raconte comment un propriétaire de gîte à Saint-Privat-d'Allier venait d'être récemment condamné par la justice pour concurrence déloyale. En effet, il rémunérait un faux pèlerin pour détourner les vrais pèlerins de la voie balisée afin qu'ils ne s'arrêtassent point dans le gîte de son concurrent au village de Montbonnet.

Je tombe de haut ! Comment un pèlerin confirmé comme je l'étais a-t-il pu se faire emberlificoter sans s'en rendre compte, sans même avoir eu un quelconque soupçon sur l'intégrité de l'indicateur croisé, une quelconque interrogation sur la synchronicité entre le lieu et le moment ?
Mon ego surdimensionné m'aura sans doute fait passer un peu trop rapidement du stade de pèlerin à confirmer au stade de pèlerin confirmé.

Un tout petit «à» qui fait toute la différence !

MISCELLANÉES

Être ou Avoir

Être ou Avoir, choix cornélien
Posséder le bien
Ou partager avec les siens
Dichotomie de type tout ou rien.

Je voudrais illustrer cette apparente opposition par une brève rencontre faite un matin de printemps alors que je m'apprêtais à ouvrir le bureau d'accueil des pèlerins de l'association parisienne Compostelle 2000.
Une personne attend, depuis peu certainement si j'en juge à son calme maîtrisé. Je l'invite à entrer et s'asseoir. La conversation s'engage amicalement. Une cinquantaine d'années, habillé en jean et polaire, de stature plutôt frêle, il parle bien et beaucoup. Je cherche évidemment à savoir s'il a fait le chemin de Compostelle ou s'il envisage de le faire. Et là, surprise ! Il me répond :
« Le chemin, mais j'y suis depuis huit ans, je repars aujourd'hui même pour Santiago par la voie de Tours.
- Depuis huit ans ! Vous devez alors avoir fait plusieurs chemins ?

Chemin de Compostelle

- Oui, un certain nombre, dans les deux sens d'ailleurs, aller et retour, je ne les compte plus. »
Et joignant le geste à la parole, il tire de son sac à dos un écran plat qu'il allume. Y apparaît une carte d'Europe entièrement recouverte de traits en tout sens reliant les principales villes.
« Tenez, me dit-il, voici les chemins que j'ai déjà parcourus. »
Je comprends vite alors que je suis en face d'un cas rare, atteint de caminite aiguë, et que, comme c'est le premier cas que je rencontre, l'ordonnance avec la posologie correctement dosée va être difficile à délivrer.
Il continue en enchaînant:
« Je n'ai plus de maison, toute ma vie est dans mon sac à dos, mais cela me suffit amplement pour vivre intensément, sans anxiété aucune. Je sais survivre en forêt, trouver la nourriture qu'elle recèle et établir des abris de fortune pour y passer la nuit. Je suis dans la société de l'Être, vous, vous êtes dans la société de l'Avoir. »
Poum ! Prends ça en pleine figure, gros bourgeois de capitaliste qui dort toutes les nuits confortablement dans une chambre chauffée.

MISCELLANÉES

Je réagis rapidement :
« Vous savez, je ne suis pas entièrement dans l'Avoir. La preuve, aujourd'hui, je donne bénévolement des conseils aux pèlerins qui partent vers Saint-Jacques.
- Si, si, vous êtes, quoi que vous en disiez, dans l'Avoir, mais il est difficile pour l'honnête citoyen de se reconnaître dans la société de l'Avoir. J'ai beaucoup réfléchi tout au long de mes marches et je sais vraiment maintenant qui je suis. Ma mission sur cette terre est d'apporter à l'humanité cette prise de conscience, Être ou Avoir, qui à terme changera le monde. »

Alors là, c'est le bouquet ! D'un seul coup, je comprends tout. Avec ses cheveux longs, blonds et bouclés auxquels je n'avais pas initialement prêté attention, je réalise que j'ai devant moi le messie que l'humanité attend depuis des siècles, copie conforme de son aïeul, un certain Jésus-Christ !

MISCELLANÉES

Contes

Contes

Les Main-Main et leur père Noël

Il s'appelait Germain Demain, mais tout le monde l'appelait Main-Main. C'est son histoire que je m'en vais vous raconter.
Né dans les années mille neuf cent vingt dans le petit village d'Asquins près de Vézelay, il fait partie de la lignée des Demain fort nombreuse dans ce patelin bourguignon. En effet, tous les Demain d'Asquins sont cousins germains, petit-cousins ou issus de germain. Leur ancêtre commun, un certain Noël Demain, fut abandonné à la naissance sur les marches de l'église d'Asquins le 24 décembre 1821. Le curé le trouvant sur son chemin ce matin-là le saisit de ses deux mains, le leva vers le ciel et s'exclama :
« C'est Noël demain, tu auras ta place dans la crèche ! »
La messe était dite ! Le matin même, le bambin fut baptisé Noël Demain avec le sacristain pour parrain et la coutume des crèches vivantes était lancée à Asquins.
Le père de Germain, Firmin, était lui surnommé le grand Main-Main. Comme tous les enfants en ce début du vingtième siècle, il avait été jusqu'au certificat d'études qu'il n'avait pas réussi à décrocher. Pas bête du tout le grand Main-Main, mais juste pas doué pour l'école. On le mit en apprentissage chez le forgeron du village où il apprit à réparer avec soin tous les outils agricoles. Et comme il excellait dans le travail de ses mains, il se fit vite une réputation dans tout le coin.

MISCELLANÉES

La forge ne désemplissait pas, qui lui apportant sa charrue à ressouder, qui lui donnant à réparer un outil à main. Il avait lui même créer sa publicité, pardon sa réclame, en affichant devant sa forge l'inscription suivante :
« *Si tu casses*
Ne te tracasses
Dès demain
Viens chez Main-Main ».
Et ce n'était pas du baratin !
Son fils donc, Germain, n'aimait rien tant que la mécanique. Il passa son enfance les mains dans le cambouis à démonter et remonter tout type d'engin à moteur. Aussi Firmin le mit en apprentissage chez le mécanicien du village. Il n'avait pas son pareil pour déceler l'origine des pannes. En un tour de main et en un rien de temps, il vous réparait votre voiture. Certains disaient même qu'il avait mis la main sur la poudre de Perlimpinpin.
Il eut le béguin pour la fille de son patron et en demanda la main. Vraiment malin ce Main-Main car ainsi le garage lui revint en dot. Il fonda une jolie petite famille de Demain. Inutile de vous dire que ses deux gamins, Romain et Benjamin, ont tout de suite été surnommés les petits Main-Main. L'aîné, Romain, reprit le garage et est actuellement adjoint au maire d'Asquins. Le cadet, Benjamin, a fait des études de carabin et est maintenant médecin.
Ils ont tous les deux, avec leur père Germain, pour dessein la célébration du bicentenaire de la naissance de leur aïeul Noël. Comme l'église d'Asquins se situe sur le Chemin de Compostelle emprunté par de nombreux pèlerins et renferme à ce titre un buste de Saint-Jacques, ils aimeraient ériger sur le parvis de

Contes

l'église, là où fut trouvé le premier de la lignée des Demain, une stèle qui serait une copie du buste de Saint-Jacques, avec les deux mains levées vers le ciel en signe de reconnaissance au Divin.
L'épitaphe sur le piédestal serait la suivante :
« Le 24 décembre 1821 le curé d'Asquins recueillit un nouveau-né abandonné. Baptisé le jour même Noël Demain, il fut le fondateur de la lignée des Demain ».
Évidemment, le risque est grand que la place de l'église soit surnommée place du Père Noël, ce qui enlèverait toute notoriété au village. Aussi, il n'est pas certain que ce projet au cœur d'un village républicain recueille l'aval de tous. Les ragots vont bon train et certains pensent que les Demain ont perdu le sens commun. Ils ironisent en colportant dans le village la petite histoire suivante :
« Quand un Main-Main se présente aux portes du ciel, il est accueilli par un vieillard à la barbe blanche qui lui demande :
- Ah c'est vous notre père Noël !
- Non, moi je suis Saint-Pierre. Le Divin va vous recevoir maintenant et vous pourrez voir votre père Noël demain ».
Les catholiques ajoutent alors, qu'en effet, si Noël Demain a été reçu par le Divin, c'est parce que c'était un saint homme et qu'il faudra bientôt consacré l'église d'Asquins à Saint-Jacques et Saint-Demain. Ce à quoi les républicains rétorquent que cela n'arrivera pas avant la Saint-Glinglin !

S'il est certain que les Demain ont à maintes reprises marqué la vie d'Asquins, on peut tout de même se demander s'il est opportun de faire tout ce foin autour de cette stèle du premier des Demain.

MISCELLANÉES

Pol et Titounet

Il était une fois deux camarades d'école, Pol le cache-col et Titounet le bonnet. Tous les deux avaient été tricotés par la grand-mère de Timothée.
Pol était fait de bandes multicolores juxtaposées dans le sens de la longueur tandis que Titounet était beige uni avec un énorme pompon aux couleurs de l'arc-en-ciel.
Ils sortaient habituellement ensemble, surtout par grand froid mais se disputaient toujours :
« Je suis le seul qui protège la gorge de Timothée, disait Pol. Si je n'étais pas là, il attraperait une congestion pulmonaire et pourrait en mourir.
- Tu veux plutôt dire que tu lui en fais voir de toutes les couleurs avec tes rayures, répondait Titounet. C'est moi qui protège la tête de Timothée et chacun sait que les congestions cérébrales commencent toujours par un rhume de cerveau. »
Des chamailleries de gamins ! Mais un jour, Timothée revint de l'école sans son cache-col. Sa maman lui demanda :
« Tu as perdu ton cache-col, Tim ?
- Non maman. Quand je suis sorti de classe, il n'était plus pendu sur la patère.
- Il est certainement allé faire un tour dans la forêt, ironisa sa mère. Je vais signaler à ta maîtresse la disparition de ton cache-col. En attendant, demain tu mettras la cagoule pour protéger ta gorge. »

Contes

Timothée n'aimait pas porter cette vieille cagoule bleue marine qui le gênait dans ses courses effrénées. De plus, ses copains se moquaient de lui. En voyant dépasser juste sa bouche et son nez, ils lui lançaient ironiquement :
«- Alors Tim, t'as mis ton cul de poule aujourd'hui !»

Cela ne faisait pas non plus l'affaire de Titounet qui se vit reléguer dans l'armoire de Timothée. Adieu sorties sous la neige, jeux dans la cour de récréation et discussions avec les copains, bien accroché sur une patère du couloir.
Aussi, il demanda à ses compères, les gants Alban et Ronan, de retrouver au plus vite Pol. Les premières journées de recherche furent infructueuses. Mais au bout d'une semaine, Alban et Ronan furent tout heureux d'apprendre à Titounet que Pol était tout simplement tombé derrière un meuble du vestiaire du gymnase.
Restait à le faire savoir à Timothée. C'est Ronan qui eut l'idée:
« Je vais me laisser tomber près du meuble tandis qu'Alban restera sur le porte-manteau. Timothée se penchera bien pour me ramasser et il trouvera Pol. »

Ce qui fut dit fut fait dès le cours de gymnastique suivant, et c'est ainsi que nos quatre lascars se retrouvèrent gaiement tous ensemble, très heureux de reléguer cette coquine de fille, la cagoule, au placard.

MISCELLANÉES

Petit Tom et son ardoise magique

Voici l'histoire de petit Tom telle que me l'a racontée mon père durant mon enfance.
Né au milieu des années soixante dans une grande famille parisienne, Tom est le dernier d'une fratrie de sept enfants. Ses parents sont plus que ravis ! Pensez-donc, c'est leur premier garçon ! Aussi est-il choyé, dorloté, pouponné par ses parents mais aussi par ses six grandes sœurs qui ne le laissent jamais seul et satisfont tous ses besoins avant même qu'il ne les exprime.
Tu veux le biberon ? Et Julie cours le lui chercher.
Tu veux jouer avec les cubes ? Et Mélanie s'installe près de lui avec la boîte de cubes.
Il lui suffit juste de montrer sa poussette pour qu'aussitôt Sophie l'emmène en promenade.
Aussi, n'a t-il pas besoin de parler. À trois ans, il ne parle pas encore mais ses parents ne s'inquiètent pas outre mesure car il ne pleure jamais, ne manque de rien et puis, il est bien connu que les garçons sont moins précoces que les filles pour parler.
À cinq ans révolus, il entre à l'école primaire et commence l'apprentissage de la lecture et de l'écriture. Sa maîtresse est très surprise de son refus de lire et encore plus surprise de le voir dominer l'écriture en quelques semaines. Il écrit à longueur de temps sur son cahier d'écriture de

Contes

petites histoires, des réflexions personnelles, des contes, des anecdotes de sa vie familiale, et il ne se sépare plus jamais de son ardoise magique.

Ah ! vraiment magique pour lui son ardoise ! Il peut répondre maintenant à toutes les questions qu'on lui pose en griffonnant rapidement quelques mots.

Toute la famille s'est habituée depuis bien longtemps à ce mode de fonctionnement et la maîtresse est finalement ravie d'avoir un bavard de moins dans la classe.

Il n'en demeure pas moins que personne n'a jamais entendu le son de sa voix. Bien sûr, les plus grands spécialistes de la capitale ont été consultés mais ils n'ont trouvé aucune cause physiologique à son mutisme qu'ils nomment aphasie. Leurs rapports concluent tous par :

« Tom parlera quand il en éprouvera le besoin. En attendant son aphasie ne doit être amplifiée par aucun traumatisme extérieur ».

Mais ils n'indiquent aucune méthode qui pourrait amener Tom à parler.

Tout ronronnait ainsi dans cette famille très soudée jusqu'à cette semaine de janvier alors que Tom venait de fêter ses sept ans.

En rentrant de l'école le lundi soir, il trouva toutes ses sœurs et ses parents très tristes. Ils n'avaient plus cette joie de vivre qu'il leur connaissait, ne lui posaient plus aucune question, le laissant jouer seul dans sa chambre. Il en profita bien sûr pour relater ce changement dans son cahier d'écriture.

MISCELLANÉES

Les jours suivants, l'atmosphère familiale ne s'améliora pas. Il ne comprit pas non plus pourquoi ses parents passaient leur temps au téléphone.
Le vendredi matin, il trouva étrange d'être le seul à être conduit à l'école.
Puis le samedi midi, toute la famille se mit à table et sa maman commença à servir l'entrée. Tom alors griffonna sur son ardoise magique : « Il faut attendre grand-mère Louise ».
Mais personne ne répondit à sa requête et tous se mirent à manger, les yeux emplis de larmes, fixant leur assiette.
Alors Tom, très éprouvé par cette semaine étrange, demanda toujours par écrit : « Mais où est grand-mère Louise ? »
Seul son père eu le courage de lui répondre :
« Elle est partie au ciel continuer sa vie. De là-haut, elle ne peut nous voir mais entend faiblement nos voix qui montent et se glissent entre les nuages. »
Alors petit Tom se leva, grimpa sur sa chaise, se hissa sur la table, mis les pieds par inadvertance dans le plat de carotte ce qui fit pouffer de rire ses sœurs, et cria très fort la tête levée vers le ciel :
« Grand-mère, reviens ! »

Ce conte n'est plus guère raconté de nos jours aux enfants, mais il en est resté l'expression « mettre les pieds dans le plat » pour signifier que quelqu'un aborde un peu maladroitement un sujet à éviter sans s'en rendre compte.

© 2018, Bryan de La Rillie

Édition : BoD – Books on Demand,
12/14 rond-point des Champs-Élysées, 75008 Paris.
Impression : BoD - Books on Demand,
Norderstedt, Allemagne

ISBN : 978-2-322118-92-2

Dépôt légal : juin 2018